依据国家教育部和中央电视台
联合主办的《开学第一课》活动

"我的梦，中国梦"主题拓展原创版

一帆阳光

中央电视台《开学第一课》编写组 编

时代文艺出版社

图书在版编目（CIP）数据

一帆阳光／中央电视台《开学第一课》编写组编.—2版.

—长春：时代文艺出版社，2016.1（2023.7重印）

（开学第一课.小学生）

ISBN 978-7-5387-4913-7

Ⅰ.①—… Ⅱ.①中… Ⅲ.①中国文学—当代文学—作品综合集 Ⅳ.①I217.1

中国版本图书馆CIP数据核字〔2015〕第257157号

出 品 人　陈　琛

责任编辑　徐　薇

装帧设计　孙　利

排版制作　隋淑凤

一帆阳光

中央电视台《开学第一课》编写组 编

出版发行／时代文艺出版社

地址／长春市福祉大路5788号　龙腾国际大厦A座15层　邮编／130118

总编办／0431-81629751　发行部／0431-81629755

官方微博／weibo.com／tlapress　天猫旗舰店／sdwycbsgf.tmall.com

印刷／北京市一鑫印务有限公司

开本／710mm×1000mm　1／16　字数／120千字　印张／12

版次／2016年1月第2版　印次／2023年7月第3次印刷 定价／36.00元

图书如有印装错误　请寄回印厂调换

《开学第一课》编委会

编委会主任：韩　青　许文广

主　编：许文广

副主编：卢小波

编　委：张雪梅　骆幼伟　张　燕　吴继红

　　　　刘翠玲　柏建华　孙硕夫　高　亮

　　　　夏野虹　禹　宏　姜　杨　邓淑杰

　　　　李天卿　曾艳纯　郜玉乐　孟　婧

《开学第一课》的价值

有人问我，《开学第一课》的价值体现在什么地方？我认为最重要的就是全社会希望并通过我们传递出来的价值观。多元是时代进步的标志，我们尊重不同的声音和价值理念，但是作为教育部和中央电视台联手举办的一项公益活动，我们要传递的是主流的、与时俱进又符合中华文明传统的价值观。

在2008年，我们通过《开学第一课》传递了抗震精神和奥运精神；2009年正值新中国60周年华诞，我们在象征着民族精神的长城，为孩子们播撒下爱的种子；2010年，我们告诉孩子们，一个拥有梦想的民族，一个不断仰望星空的民族，就是拥有未来的民族，人生的每一个阶段都需要梦想的指引、坚持和探索，而每个人的梦想汇集起来就可能成为国家的梦想、民族的梦想。

举办《开学第一课》三年来，我个人也有一个梦想，我梦想这项目光远大、朝气蓬勃的公益活动能够坚持举办十年，让它给这一代孩子的成长提供正面的、积极向上的力量，这就是《开学第一课》的意义所在。

我希望全社会的力量汇集起来，给孩子们一种价值观的教育，中央电视台愿意承担使命，连同教育部把这项公益活动做好。我们也欢迎全社会各界积极参与、支持，从出版、纸媒、网络、志愿行动、慈善事业等各个方面，加入到这个追逐共同梦想、打造恒久价值的公益活动中来。

由此，我亦十分高兴地看到《开学第一课》系列丛书的出版，我相信时代文艺出版社正是基于我们共同的理想，以出版的力量为孩子们的未来创造了更丰富的阅读食粮，为《开学第一课》的精神理念提供了更多样的传递方式。

中央电视台 许文广

目 录

第一部分　树林里的童话

什么时候，我………李小倩 / 002

假如我会飞…赵倩维 / 003

我的快乐星球…罗　瑾 / 005

寻找春姑娘…刘雯君 / 006

闪光的脚印…杨一丁 / 007

二十年后回故乡…刘宗锦 / 009

春夏秋冬…董力衡 / 011

打假手机…赵欣蕊 / 012

枫桥夜泊…李丰帆 / 013

虎皮兰的感悟…李昌昊 / 014

假如我是老师…徐紫薇 / 015

快下雨了吗…沈雅馨 / 016

魔　果…丁斯文 / 017

牡丹和梅花…贾方圆 / 019

树林里的童话…王雨阳 / 020

孙悟空找工作…刘婷荣 / 021

天　敌…林雅珊 / 022

未来世界的生活…李欣洋 / 023

我心中的梦想…刘　悦 / 025

阴雨的日子…张　佳 / 026

在我0岁那年…周果锋 / 027

贝　壳…宋　旦 / 028

开屏的孔雀…林　耿 / 029

第二部分　打开一扇窗，可以迎接风

赶海去…袁国庆 / 032

洗刷刷，洗刷刷………李重霖 / 033

第三部分　心中的那一片绿阴

我唱《霍元甲》…池子傲 / 034

"发刑"…林智远 / 035

粗心，我要和你说再见…姚一帆 / 036

第一次乘飞机…董式豪 / 037

冬　趣…尹晶钰 / 038

寂寞的滋味…韩立群 / 039

书法随想…姜　熠 / 040

听，生活中的音乐…杨　毅 / 041

我发现了冬天的美…戴　伦 / 042

体验读书的快乐…许　蕾 / 043

舞蹈吸引我…陈洋洋 / 044

学阅读写作的感觉真好…张佳怡 / 045

雨的气息…王泽雨 / 046

打开一扇窗，

　　可以迎接风…史桃桃 / 047

原来"偷盗"这么难…金佳煜 / 048

四季的风花雪月…吴与伦 / 050

我眼中的汉字…吴　钒 / 052

心中的那一片绿荫…秦　焓 / 053

欢乐谷之秀…田佳玲 / 055

把秋天装进瓶子…郭　嘉 / 057

我爱恋田野…唐　朝 / 058

生命一次，美丽一次…刘葛鑫 / 059

丝雨梧桐…付　璇 / 060

春天的美景…邱荣胜 / 061

大自然和我…麦敏蔷 / 063

鸟　鸣…戴　伦 / 064

秋…陈　星 / 065

田园狂想曲…潘　婷 / 066

我家的小院…张长林 / 067

窗　外…陈子贤 / 068

第四部分　跳动的生命

被冷落的书…胡铄今 / 070

标　点…刘蔚欣 / 071

成长的快乐与烦恼…黄才学 / 072

花的启示…葛妍靓 / 073

呵，六年级的我们…陈怡娴 / 074

山在那里…谢晓丹 / 075

头悬一弯月亮…冯锦阳 / 076

我喜欢…陶梦丽 / 077

无缘假期…姚　瑶 / 078

小哑巴不"哑"了…陈文超 / 079

学着面对失败…贺治瑞 / 081

一张更比一张精彩…王　涵 / 082

永远的蝴蝶…赖文丽 / 083

由试卷想到的………林艺芬 / 084

再见了，野蛮女孩…李心仪 / 085

种　子…许钊颖 / 086

跳动的生命…杨　秀 / 087

让诱惑飞走…尹　杭 / 089
　　　　——《纳尼亚传奇3》观后感

"偷"饼的小男孩…罗　晶 / 091

灯　下…徐　欣 / 092

感谢对手…陈傲康 / 093

灰姑娘…王　琳 / 094

失败的隔壁…郎　天 / 095

针尖大的小点儿…许　佳 / 097

走过去，前面是晴空…胡迎春 / 098

第五部分　假如爱有颜色

爱——让我感动…陈　思 / 100

不一样的美丽…吴易杰 / 102

成长路上，她牵着我的手…张雪曼 / 103

发现花未谢…胡巧叶 / 104
　　　　——读《妈妈走了有感》

花生花…严红梅 / 129

外婆的老花镜…朱杰纯 / 130

第六部分　真善美的小世界

桂花情…王　意 / 106

爱在寒风中…陈嘉露 / 107

假如爱有颜色………高如岗 / 108

妈妈，一本我爱读的书…徐文平 / 109

什么人才拥有幸福…卢　雷 / 110

树篱后的父亲…赵玉蓉 / 111

体　谅…唐　瑶 / 112

外婆的礼物…刘　尉 / 113

我的家人像天气…洪绍岳 / 114

爷爷的"百家讲坛"…戴志浩 / 116

油烟弥漫的"战争"…廖艺鸿 / 118

原来奶奶不会魔法…杨雨倩 / 120

这是我关心的…张　杰 / 122

老妈头发X变…杨文易 / 123

"小帮毛"变"小帮手"…邬　僖 / 125

怀念外公…程莲怡 / 126

小纸条上的爱…戴　智 / 128

一帆阳光…黄一帆 / 132

"格格阿哥"作诗忙…朱雯琪 / 133

那河·那船·那人…陈　琳 / 134

带着爱心去旅游…程　杰 / 136

夹豆子比赛…杨紫金 / 137

快乐的浪花…邬棋恒 / 139

天使的翅膀…陈宇慧 / 141

雏鸟初飞…陈小秀 / 142

微　笑…张雨晗 / 143

亮晶晶的眼睛…龚运之 / 144

临窗的日子…马熙辰 / 145

门前这条街…刘孟勤 / 146

第七部分　街头有把美丽的伞

"抄人"…岳昊博 / 166

唉，集体舞………俞睿浩 / 167

班级里的孟老蔫…董哲宇 / 168

被关照的一天…王有为 / 169

别让我心碎…黄逸文 / 170

飞起来的蒲公英…叶雨婷 / 171

街头有把美丽的伞…王紫懿 / 172

那时的纯真…马　可 / 173

咪咪·豆豆·我…任若男 / 175

童　年…韦　旭 / 176

我们班的"三国英雄"…罗凇译 / 177

幽默+灵活+机智=于老师…林　京 / 178

"三八线"上的故事…徐长帅 / 180

理　发…金　鑫 / 181

推倒那堵心墙…陈云清 / 182

"傻"李…夏　天 / 147

我把大海带回家…陈文萱 / 148

阳台，记录我的

　　　快乐童年…叶莹莹 / 150

真善美的小世界…王晓萍 / 152

我最喜欢的一句话…翟晓燕 / 153

阳光很快乐…王佳楠 / 154

生命只有三万天…罗名君 / 155

闪光的位置…高媛媛 / 156

垂钓之乐…高奔越 / 157

快乐的暑假生活…高　天 / 158

我堆沙，我快乐…徐伟吉吉 / 159

喜欢做女孩…张晓晨 / 160

最伟大的推销员…王　佳 / 161

第一场雪…杨　乐 / 162

我是一颗小米粒…李聿雯 / 163

第一部分

树林里的童话

　　走进童话林，满眼都是绿色，绿的叶，绿的树，绿的地，就连太阳、小鸟、花儿似乎也掩映在绿波之中。这样纯朴自然的绿色真是令人心旷神怡。童话林十分阴凉，坐在板凳上，凉风习习，吹得我们没有烦恼，也把树叶们吹得直痒痒，不信你听，"沙沙沙，嘻嘻嘻，真痒，真痒。"听得我们也乐开了怀。童话林里也特别安静，没有外面的喧闹，真轻松。这是一个让人浮想联翩的好地方，你看，每一片叶子都在讲述一个动听的童话。

——王雨阳《树林里的童话》

什么时候，我······

李小倩

昨夜，我又梦到了故乡北极，在那片洁净的世界里，我和我的兄弟、伙伴一起快乐地自由歌唱。可美梦醒来，我还是被困在小小的水族馆里······

在水族馆里，人们都叫我"小白鲸可可"。他们说，我算不上是最大的鲸鱼，却称得上是最美的鲸鱼。瞧，我的前额宽阔圆润，上下两唇饱满丰厚，眼睛虽然不大，但炯炯有神。因此，他们又叫我"机灵鬼"。

我还有不少美名哩：什么"海洋里的金丝雀""口技专家"呀！因为，我们白鲸是个能歌善舞的家庭，我们的歌声悠扬动听，还能响彻百里之外。我们还有一大绝技：什么兽的吼叫声，牛的哞哞声，猪的呼噜声，马嘶声，鸟儿的喳喳声，小孩的哭泣声、汽船声······我们都能模仿得惟妙惟肖。如果你想学口技，我可以教你一两招哟！

在这里，人们都很爱我，但我还是非常想念家乡。在家乡，有多少快乐啊！就说每年的7月吧，我会和成千上万的兄弟姐妹一起，浩浩荡荡地从北极出发，开始最美妙的夏季旅行。一路上我们游玩嬉闹，载歌载舞。到了目的地，我们就潜入水底，或打滚，或翻身，或在水滩的沙砾、砾石上擦身，蜕掉老皮肤，换上了那白色光洁的新皮肤。这美好的一切，现在却只能出现在梦里······

我经常做美梦，也经常做噩梦：当我知道一批又一批有毒的废水、废料被毫不留情地倾注到大海里，我就梦见伙伴们纷纷染病，当我听说捕猎者为了追逐高额利润，对我们白鲸家族疯狂捕杀时，我就梦到了爸爸妈妈还有哥哥全都惨死在他们手下······

什么时候，我才能重新回到故乡呢？什么时候，我的生活中才能没有噩梦呢？

假如我会飞

赵倩维

飞翔是一种怎样的感觉？我常常望着窗口发呆。窗外是碧蓝蓝的天，几朵轻纱似的白云在天边逗留，一动不动的，像在沉思什么。天幕就像一座巨大的浮雕，浮雕的表面不时有一两只小鸟飞过，有时是燕语呢喃，有时是麻雀聒噪，有时还会看到成群的大雁排队。我向往蔚蓝的天空，天高任鸟飞。

假如我会飞，我想有一双天使般的洁白的翅膀。就从我的窗口飞出去，展翅翱翔。一会儿上升，一会儿盘旋，一会儿俯冲下来，让我也切身体验一下鹰击长空的滋味。清新的空气，轻柔的风儿，还有耀眼的阳光，天空就是我永恒的家。这里不会有那么多的高楼大厦阻挡我的视线，不会有那么多的车来人往让我寸步难行，更不会有什么家庭作业，不会有读不完的书，做不完的试卷。这里有的是自由，有的是空间，铺满青草的山坡上，郁郁葱葱的树林里，丰收之后的田野中，我能够有充足的时间来玩一玩游戏。

假如我会飞，我想有一条阿拉丁的魔毯，我就是最自由的旅行家。我要站在高高的云端，观赏祖国的大好河山：雄伟蜿蜒的长城，巍峨磅礴的泰山，波光明媚的西湖，烟波浩渺的南海。江山如此多娇，引无数英雄竞折腰。卧龙自然保护区云雾缭绕，生活着文静优雅的大熊猫；西双版纳的热带植物林风光那么绮丽，泼水节的时候更是热闹非凡；黄山的奇松怪石、云海温泉让中外游客流连忘返，有"黄山归来不看岳"之说；内蒙古的大草原宽阔无边，到夜幕降临，一处一处的篝火接连燃起，人们围着篝火欢歌起舞，幸福得令人陶醉。

假如我会飞，我愿成为一朵漂浮的云。冬天的时候，我懒懒散散地分布在天边，给蓝天镶上一道花边。清晨，朝阳把我燃烧，傍晚，夕阳的余晖把

我映照，我用我特有的美丽去装点人们的生活。夏天的时候，我用我的身躯给人们遮挡酷烈的阳光，让人们在炎热中享受一丝清凉，我会给干旱的大地来一场及时雨，让田里的庄稼都茁壮成长。

假如我会飞，那该是多么美妙的事。然而我只是千千万万名普通的小学生中的一员。但是我会努力，梦想将使我的生活更充实。

我的快乐星球

罗 瑾

暑假在家，《快乐星球》每天伴随我打发时光，让我感觉漫漫暑假有了期盼，有了快乐！电视中那光怪陆离的故事、个性十足的人物真让我百看不厌。真想自己就是快乐星球上的一个成员，能和他们一起快乐！即使不能成为他们中的一员，能有快乐星球上的一些朋友也是好的啊！

如果我能有快乐星球上的朋友，那么我想到哪里就能到哪里，天涯海角也任我行！不用担心天大地大，我这个小不点儿会找不到回家的路。嘿，只要有快乐星球上的朋友相助，还怕走错家门吗？只管放心远足吧！

如果我能有快乐星球上的朋友，那么我想帮谁我就能帮谁，想变谁的口气就变谁的口气，想变成谁就变成谁……呵呵！那样，我就成了呼风唤雨、八面玲珑的人物啦！多神气呀！再也不用看老妈的脸色喽！再也不用帮老爸背"黑锅"啦！做自己想做的事情，多自在啊！

如果我能有快乐星球上的朋友，那我有什么要求，只要呼叫多面体、冰柠檬、莲蓉包，他们就会满足我，我还可以玩一玩他们发明的东西。顺便让自己也活动活动手脚，开动开动脑筋！

如果我能有快乐星球上的朋友，那么在老顽童爷爷的帮助下，我可以不用去上学，不会有考试、分数、三好生……的烦恼，机器人可以代替我，他一定比我聪明，比我勤快，还可以不用吃东西，比我节约，比我能干。我嘛，只要握紧遥控器，发号施令就行啦！

如果我能有快乐星球上的朋友，那么我就带着他们来到地球上，让他们先看看地球上孩子生活的现状，然后和他们一起搞发明，让我们生活的地球也成为快乐星球，让地球上的每个孩子都像生活在快乐星球上一样！

我的快乐星球，我的梦！

第一部分 树林里的童话

寻找春姑娘

刘雯君

是谁使万物从睡梦中苏醒过来？是谁为枯黄的花草树木带来了美丽的花衣裳？是谁将淘气的北风妹妹换成了和蔼的暖风姐姐？是谁将森林的休止符擦掉，而换上了轻快、动听的旋律？

我带着疑问一大早就来到了池塘，问在荷叶上歌唱的青蛙大妈，青蛙大妈告诉我，这一切都是春姑娘创造出来的。我一听，就对春姑娘充满了崇敬之情，决定去找她。

于是，我告别了青蛙大妈，来到了刚刚舒展开黄绿眉眼的垂柳下。柳树爷爷家住了好多人，那就是鸟儿们，它们每天都给柳树爷爷捉害虫，可好啦！我正想问柳树爷爷鸟儿们是怎么搬进来时，柳树爷爷像是猜透了我的心思，亲切地对我说："是春姑娘怕我寂寞，让鸟儿们来陪伴我的。"这时，我更加敬佩春姑娘了，心情更加急切地想找到她了。

告别柳树爷爷，我又来到了草地、树林、公园、田野……始终找不到我的偶像——春姑娘，正当我失望地想回家的时候，一股暖暖的春风吹拂在我的脸上，好像是妈妈那疼爱的抚摸。我恍然大悟，原来春姑娘一直都陪伴在我身旁，那是她在安抚我。我找到春姑娘了，春姑娘是一个大画家、音乐家……是她把世界点缀得五彩缤纷，是她让万物充满勃勃的生机。啊，春姑娘，我爱你！

闪光的脚印

杨一丁

鸭妈妈有几个淘气的鸭宝宝，它们总为鸭妈妈惹来祸端。

一天，天气十分晴朗，万里无云，鸭妈妈看天儿挺好，便决定带着鸭宝宝们去温哥华街头漫步。

温哥华的大街上一切正常，只是——有一个井盖儿不知怎么竟然不翼而飞了。人们看到这景象，都不予理睬。可鸭宝宝们哪知道这是下水井呀，他们都一个接一个地跳了下去。鸭妈妈一回头，发现七只小鸭子只剩下了三只，另外几只小鸭子到哪儿去了呢？她连忙去找，结果发现，那几只小鸭子都掉进了又深又黑的下水井里。

鸭妈妈一看可吓坏了，她不知所措地"嘎嘎"地叫着。眼看着小鸭子们又叫又扑棱翅膀。这可把鸭妈妈急坏了，急忙伸出翅膀去救援，但由于下水井太深，鸭妈妈不但以失败告终，而且还险些把自己掉进井里。就在万般无奈之际，鸭妈妈想出了一个好办法——找警察。

俗话说得好："有事找警察！"鸭妈妈这个点子可真是妙极了。好吧，说找咱就找。但由于鸭妈妈步子太小，经过了"长途跋涉"后才终于找到了警察。

鸭妈妈找到警察后，她拼命地叫，可警察就是不懂她的意思。这回，鸭妈妈换了一个方法。她冲下水井那边边跑边叫，还把翅膀伸向那边。于是警察跟着她走到了"出事地点"，终于看到了下水井中的几只鸭宝宝。此时，那几只小鸭子早已经筋疲力尽了，眼看就要被水冲走了。看到此种情况，警察马上找来一根长竹竿，再系上一个塑料袋伸入井下，顺利地把下水井中的小鸭子们捞了上来。母子团圆，它们别提有多开心了。鸭妈妈用翅膀拍掉了孩子们身上的水后，"嘎嘎"地叫着，仿佛在说："孩子们，注意点，再

第一部分 树林里的童话

掉一次妈妈会急死的。"小鸭子们围在鸭妈妈的身旁，开心地叫着，好像在说："我们知道了，您就放心吧。"

人们看到这动人的一幕后纷纷让行，汽车也都停下，让这些可爱的小鸭子们先行通过。

迎着温暖的阳光，鸭妈妈那闪着母爱的脚印，一直延伸到温哥华街头的深处。

二十年后回故乡

刘宗锦

2016年，我去美国一所著名大学留学，从此便定居在了那里，有了一份非常不错的工作。

到了2026年的十一黄金周，我打算回祖国看一看，看看家乡有哪些变化。

刚下飞机，一股凉爽的空气扑面而来，好舒服啊！我打了一辆太阳能出租车，冒着蒙蒙细雨向家里奔去。道路变得好宽呀，中央微微凸起的路面把雨水毫无保留地送进了路旁的排水沟，经过无污染处理设备净化后，通过地下管道统一送给绿化公司，用于浇灌花草树木。听说现在城市里主要路段都装上了这种设备，既清洁环保，又节约资源。虽然路上已经没有了红绿灯，但是随着社会文明程度的提高，交通变得更加井然有序，畅通无阻。

车很快到了我家原来的居民区。噢，这里变成了一座高层建筑，楼下还有公共花园，那大块大块地毯似的草坪，好诱人啊，还有喷头每隔一小时喷一次水。我给家人打了电话，才知道家住在42层。我乘坐电梯仅用了十秒钟就到了家门口。我按下了门铃，通过电子对讲机听到了一个陌生而又生硬的声音："您好，请问您找谁？"

"咦，这难道不是我家吗？"我疑惑不解。

突然门开了，母亲笑着迎了上来，"快进来吧，这是咱家新买的家用智能机器人。它不仅能做家务，还能防盗呢。只要把家里人的声音输入进去就行了。没听过的声音它从不开门。"没想到高科技已经走进了家庭生活。

随后，我又来到了商业街，现在这里已成为全市最热闹、最繁华的商贸中心。几座设计新颖的大厦拔地而起，内部的荧光墙壁既明亮，又节能环

保，已经完全不是十年前的模样。这里的各种商品应有尽有，特别是服装商场，高中低档服装一应俱全，且物美价廉，我还选购了几件准备带回美国呢。

　　虽然我在可视电话中已对家乡的变化有所了解，但是眼前的一切还是大大地超出了我的想象。再过二十年，家乡又会是怎样一番景象呢？

春夏秋冬

董力衡

春、夏、秋、冬四位姑娘正在画画。

春姑娘说："看，我画的草多鲜嫩啊！"

夏姑娘说："看，我画的太阳多红啊！"

秋姑娘说："看，我画的树叶颜色多好看啊！"

冬姑娘说："看，我画的大地银装素裹，多美啊！"

春姑娘说："人们最喜欢我啦，他们老是说'春回大地，万物复苏'，我多么伟大。"

夏姑娘说："不，小孩子们最喜欢的是我，因为我的到来让他们有冰激凌可以吃。我是最受欢迎的。"

秋姑娘说："我才是最受欢迎的，因为秋是一个成熟的季节，你看看漫山遍野的果实，只有我的到来，人们才能丰收的。"

冬姑娘说："你们有雪花吗？你看飘飘扬扬的雪花，多美丽啊，孩子们可以滑雪板、堆雪人、打雪仗，冬天的旷野永远是笑声最多的地方。"

正在她们争论不休的时候，地球爷爷开口了。他说："春姑娘，你能让果实成熟吗？"春姑娘不吭声了。

地球爷爷说："夏姑娘，你能让天空飘雪花吗？"夏姑娘也沉默了。

地球爷爷说："秋姑娘，你能让树木发芽吗？"秋姑娘低下了头。

地球爷爷说："冬姑娘，你能让大伙儿喜欢游泳吗？"冬姑娘涨红了脸。

地球爷爷说："姑娘们，不要再争论了，你们各有各的长处，少了谁都不好，只有你们共同努力，人们的生活才幸福啊！"

打假手机

赵欣蕊

现在假冒伪劣的商品数不胜数，含致癌物的"红心"鸭蛋，上"石蜡"的炒瓜子，添加"增光剂"的大米等等，直接危及了人民的健康和生命，因此，我发明了一种打假手机，挺受欢迎的。

这种打假手机跟普通的手机差不多，就是多了一项打假功能。每个键都表示不同的商品类别，如：1号键是食品，2号键是玩具，3号键是服饰，4号键是鞋帽，5号键是小家电……"井"字键是工商部门的举报电话，最绝的是它还有GPS卫星定位软件。有了这个小玩意儿，我可是走遍天下都不怕，再也不会为买到假冒伪劣商品而烦恼了。

一天，我独自来到校门口的一个小超市，由于我是个小馋猫，因此想买些吃的，不能怠慢了自己的肚子。我走到食品区，挑了一包最爱吃的油炸豆腐串，我把手机摄像头对准包装袋上的条形码，按下了1号键，手机里的微型语音提示器立刻响了起来："您现在挑选的食品豆腐串是三无产品，保质期已过，请勿食用。"我听了非常生气，没想到超市这么不讲诚信，竟敢卖三无产品。不能让商家再坑害别的顾客！于是，我按下了"井"字键，手机立刻响起了声音："您好，我们现在已经知道了您所在的地点，工商部门马上派人前去打假。"我听了非常高兴。心想，像这种三无产品，会时时刻刻危害人们的健康，我们要彻底清除这些商品。多亏了我的打假手机呀！

你一定要问了，这个手机怎么会打假呢？这是因为里边有商品存储芯片和微型语音提示器。里面存有所有商场、超市的商品目录，生产厂家，出产日期，只要你将手机摄像头对准商品的条形码，按下手机上商品类别的数字，微型语音提示会马上告诉你这个商品的质量情况。

我想，用不了多久，这款新颖、实用的打假手机就要面世了，让人们的健康不再受到威胁，让人们的生活更加美好。

枫桥夜泊

李丰帆

夜深了，天空中一弯残月泛着银白的亮光，星星眨着蒙眬的睡眼。苏州城外一条小河上停靠着许多客船，其中一条船上的灯火亮了，窗门打开了，晃出一条人影。河边的枫树上栖息着的乌鸦，被灯火的亮光一惊，哇哇地叫着。

他落榜了，偌大的榜文竟容不下"张继"二字，他感到悲伤、苦闷，且不说十年寒窗苦读是什么滋味，就这次回去又该如何面对父母慰藉的目光呢？

这是一条很破旧的乌篷船，就像落魄的诗人，他躺在硬木的床板上辗转反侧，床板不时发出吱吱哑哑的响声。他披衣起床，推开一扇窗户："唉，深秋了，地上的霜都这么浓了。"他深深地叹气。

远处，渔人的灯火在时隐时现，河边的枫树叶子已经红透，赤红的叶片上罩了一层霜，那颜色仿佛凝冻住了一般。

如果，如果是在故乡，秋菊早已怒放了，桂花飘开了暗香。好客的农人总是喜欢把自己丰收的果实和邻人分享。几个人围着火炉坐下，温几碗酒，就着简单的菜肴，家长里短地聊着，其乐融融。一直到夜深酒醉……

正沉浸在思乡的情绪中，突然空气里传来悠扬的钟声。钟声在清瑟的夜里显得格外清脆悦耳。他抬头看看寒山寺，在朦胧的夜色中，寒山寺掩映在树木中，只能看见一个影子。

"唉——"他陷入深深的愁苦之中，夜间的风在河面上吹开了涟漪，钟声在诗人的心湖里荡起了涟漪。在船舱里踱了几个来回，他铺开宣纸，沉吟了一会儿写下了一首诗：

月落乌啼霜满天，
江枫渔火对愁眠。
姑苏城外寒山寺，
夜半钟声到客船。

虎皮兰的感悟

李昌昊

嗨！我们是主人家的虎皮兰。今年主人照顾我们，换了一盆营养丰富的土，把无精打采的我们变得精神焕发，个头猛增，还生了几个可爱的小宝宝。可现在有点"人满为患"，我们每人平均占地面积很小。尽管这样，小主人还添了几颗牵牛花种子。不行，我们要下"逐客令"！

牵牛花长出来了，我们拼命地吸取着土里的营养，打算让它们营养不良，可它们只需一点点营养就足以生长得飞快。看来只好另想计划了。

牵牛花还把我们当成支架向上攀爬。咳咳！我们被勒得喘不过气来。我们努力地生长，想让我们之间没有空隙，让牵牛花们没处钻。谁知它们凭着自己的坚强不屈，硬是钻了过去。我们的"血海深仇"有一点点变成了敬佩。

它们已经比我们还高了，我们无可奈何，只能眼巴巴地看着它们"耀武扬威"地往上爬。它们似乎也不要再默默无闻，而要更加夺目。

有一天，我们醒来，一片艳丽的颜色映入眼帘，我们定眼一看：是花儿，是它们的五彩缤纷的花。原来它们爬到高处，是为了让自己的美在高处绽放，把自己的美展示给大家。再想到当初它们吸收的一点点营养和坚强不屈。刹那间，我们心里的妒忌、厌憎全部变成了钦佩。

突然，我们发现自己在与牵牛花的明争暗斗中长高了许多。我们也要积蓄自己的全部力量努力生长，绽放自己生命中最灿烂的一面！

假如我是老师

徐紫薇

老师是伟大的！他们有时像严父一样教育着我们，有时又像慈母般呵护着我们。他们细心地教导我们怎样做人做事，并且非常辛苦地为我们备课和批改作业，在我们成长的每一天，老师都把爱无私地献给了每一个同学。教师职业太伟大了！所以我长大了也想当一名老师。

假如我是老师，我一定会用自己的方式教育我的学生，我要让课堂变成"游戏厅"，让学生们当课堂的主人，让每一堂课都生动多彩，并且让他们发挥自己的长处，勇敢地发言，把自己不会的问题学会。我还要成立一些小组，让同学们自由参加，让他们感受到学习的乐趣，让他们快乐学习，快乐成长，快乐地度过每一天，每一刻。

假如我是老师，我一定会让同学们感觉到在学习上我并不是老师，而是他们的好朋友；在生活上我更不是老师，而是他们的母亲。我一定会多与他们谈心、交流，让同学们和我在一起就像生活在一个共同的大家庭里。同学们产生了矛盾，我不会批评他们，我会认真地听他们讲完事情的经过，然后再根据每个人的情况进行针对性的教育，之后必须要让他们相互了解，再原谅对方，握手言和，成为朋友。

假如我是老师，我一定会给他们一些课外读物，让他们多了解课外知识，例如关于科学、历史、中外名人等方面的书籍，让他们成为一个德、智、体、美、劳全面发展的人才。同时，我也要不断地给自己"补课"，让自己成为一个知识丰富的人，因为知识全面的人才能成为人师。

老师的职业是神圣的，但要当一名合格的老师，还需要从现在开始不断地努力学习知识，相信有一天我一定会实现心中的梦想！

快下雨了吗

沈雅馨

今天早上，我跟平时一样，吃完早饭就背上书包，笑呵呵地对妈妈说："妈，我上学去了，再见！"然后高高兴兴地上学了。

温暖的阳光洒在上学的路上，给马路镀上了一层金黄色。小燕子在我面前低飞盘旋，好像在为我带路。我高兴地跑到小燕子身边向它们打招呼："小燕子，你飞得这么低，难道快要下雨了吗？""不是的，因为空气中到处是烟尘，我们不得不低飞。"小燕子伤心地说。

我一边低头赶路，一边想着小燕子的话。突然看见不远处一排小蚂蚁正在搬家，就奇怪地问："咦！小蚂蚁，你们为什么要搬家？难道快下雨了吗？""不是呀！因为城市路面硬化，水泥路、柏油路封堵了我们的家！"小蚂蚁迈着整齐的步伐嚷嚷着。

我一边走着，一边摸着脑门儿想着小蚂蚁的话，不小心碰到了一条蛇，我慢慢挪到旁边，小心翼翼地问道："蛇先生，走这么急，难道要下雨了吗？""什么呀！人们盖大楼、挖地基，弄坏了我们的家，我无家可归啊！"蛇先生越说越生气。

经过池塘边，我发现小鱼都出来透气，就跑过去问好："嗨，小鱼，你出来透气是要下雨了吗？""不是的！因为河水被污染，我们不得不时时出来换气！"小鱼垂头丧气地埋怨。

听了动物朋友的话，我急急忙忙跑到老师的办公室。刚进门就忍不住大声问："老师，老师，为什么它们说的跟书上写的不一样？"老师好不容易弄明白了事情的来龙去脉，叹了口气说："如果人类再肆无忌惮地建设下去，终究会破坏大自然的生态环境，就会有更多的动物无法生存下去啊！所以我们每个人都要保护环境！"我听了直点头。小朋友们，你呢？

魔　果

丁斯文

　　在一片森林中，有一棵神奇的魔果树，谁吃了它的果实都会变。那么，之后的事情会怎样呢？

　　一天傍晚，一个小男孩在森林里迷路了。他又饥又渴，正巧看见旁边有一棵大树，树上长满了野果。小男孩高兴极了，就顺手摘下一个吃了起来。"啊！真甜，真好吃。"小男孩自言自语道。

　　夜深人静时，"呼噜噜，呼噜噜……"小男孩睡着了。

　　第二天早上，小男孩来到河边打算洗脸。看到水里有一只小兔子，小男孩想：这只小兔怎么在水里啊？他并没多想，准备用手掬起一捧水，可发现自己的手竟然成了兔爪。

　　小男孩吓得大叫起来："我怎么变成小兔子了，我怎么变成一只兔子了……"小男孩不相信，他使劲揉了揉眼睛，水里的小兔也揉了揉眼睛。但很快，小男孩冷静了下来。他想：肯定是昨天吃的那个野果子作的怪。对了，我听说西方城堡里有一位天神，我何不去求他呢？

　　在路上，兔男孩碰到一只受了伤的小鸟。他采了一点草药救了它。又遇到一只鸭子的脚抽了筋，无法回到河里。他就帮它按摩，并用力把它扶到河里。还有，他半路上还捡到了半根香肠，他看到一只小蚂蚁正在到处觅食，就把香肠给了小蚂蚁……

　　兔男孩走啊走，他来到了一座古堡前，看见了一块碑。上面写着：以下有三件事，若能做完，可满足一个愿望。第一件事：捡起在护城河里的一把钥匙。第二件事：取回天上遗失的一把宝剑。第三件事：寻找一粒掉在草丛里的金沙。

　　"我怎么找啊！"正当他犯难时，小鸭子衔着钥匙来了，小鸟背着宝剑

来了，蚂蚁叼着金沙也来了。它们都是来报恩的。

他高兴得说不出话来，把三样东西放到了石碑的前面。

忽然石碑闪出一道金光，出来了一位天神，说："你完成了使命。你的愿望一定是变回人吧！"小男孩用力点点头。天神抱起他，只见一道金光，天神不见了，小兔子变回了小男孩。

牡丹和梅花

贾方圆

春天，百花齐放，公园里开满了五彩缤纷的花。在这里要数花中之王——牡丹最美了。她轻蔑地瞧了瞧身边一棵光秃秃的梅花，高傲地说："喂，小妖怪，听说你叫梅花，别人说你很美丽，想不到你比难看的小草还要难看几千倍。"梅花没说什么，牡丹更得意了。

转眼间，冬天到了，百花凋谢了。这时梅花却开出了洁白的花，散发着阵阵幽香，沁人心脾。

深冬，西北风像老虎的吼声一样，"呼呼"地刮着，雪花大片地从天上落下来，这时别的花都冷得瑟瑟发抖，可梅花却在雪中傲然而立，精神抖擞，像个坚强的战士在站岗放哨。

这时，一个活泼可爱的小男孩哼着歌来到公园，一眼就看见了这株梅花，看着那鲜艳的颜色，闻着那浓郁的清香，心想梅花真刚强了不起，就情不自禁地朗诵起一首诗来："墙角数枝梅，凌寒独自开。遥知不是雪，为有暗香来。"

那个清脆的声音被牡丹听见了。她抬起头看见了小男孩。孩子正在赞美梅花，想想以前，她轻蔑梅花时的情景，再看看自己这丑陋的身子，就惭愧地说："梅花妹妹，你怎么不笑话我呀？"梅花说："牡丹姐姐，你叫我笑话什么呀？"

"我没你美丽，在春天的时候我曾笑话过你呀！"

"不，"梅花微笑着说："春天的时候，牡丹姐姐你是比我美，你把自己的一切献给了春天，我们各自都有优点和缺点。"

这一席话深深打动了牡丹的心，她羞愧极了，连声向梅花认错、道歉。而梅花却笑着摇摇头，连声说："没关系，没关系！"牡丹激动极了，她紧紧地握着梅花的手说："梅花妹妹，你真好，让我们交个朋友吧！"

于是，两个朋友沉浸在欢乐之中……

第一部分　树林里的童话

树林里的童话

王雨阳

校园里，镜亭后，长着一片茂密的树林。那是我们向往的地方——童话林。

走进童话林，满眼都是绿色，绿的叶，绿的树，绿的地，就连太阳、小鸟、花儿似乎也掩映在绿波之中。这样纯朴自然的绿色真是令人心旷神怡。童话林十分阴凉，坐在板凳上，凉风习习，吹得我们没有烦恼，也把树叶们吹得直痒痒，不信你听，"沙沙沙，嘻嘻嘻，真痒，真痒。"听得我们也乐开了怀。童话林里也特别安静，没有外面的喧闹，真轻松。这是一个让人浮想联翩的好地方，你看，每一片叶子都在讲述一个动听的童话。

我从地上拾起一片枯黄的落叶，上面爬着一只老甲虫，正津津有味地对它的儿女讲述着它当年的故事。当年的它跟随自己的父母，为了躲避敌人的袭击，跋山涉水，历经千辛万苦，才找到这样一片宁静的土地安居下来。老甲虫边讲着故事，边在树叶上不停地摇啊摇，还喝着树叶上的露珠，非常逍遥自在。

我抬头仰望，一群小鸟从树梢飞过，它们围成一团落在树枝上，好像在开一场音乐会。在那只大个子鸟的指挥下，百灵鸟合唱团齐声唱道："唧唧唧，草儿绿，花儿红，这儿的世界真美好。"随后画眉鸟放声唱了起来："喳喳喳，我们生活真美好，无忧无虑没烦恼。"黄莺也不甘示弱地大声唱了起来："我们吃尽千般苦，风雨之后见彩虹。"鸟儿们一个比一个唱得好，这真是一场空前绝后的音乐会。

啊！我明白了，这个树林就是一个巨大的童话王国，一片树叶是一个故事，一片树叶一个快乐；一只鸟儿是一首歌，一只鸟儿一个欢笑。这里的生灵都是快乐的，因为树林里住着一个快乐的精灵，正如每一位母亲心里都住着一个天使——孩子。

孙悟空找工作

刘婷荣

唐僧师徒四人西天取经归来，正赶上社会改革，打破吃大锅饭制度。师徒三人都各自找了一份合适的工作，唯独孙悟空的工作至今还没有着落。这是因为孙悟空生性好动，老是上蹿下跳的，在哪家公司上班都不受人欢迎，所以只好闲在家，坐吃山空了。

孙悟空找不到工作，眼看生活没指望了，急得他抓耳挠腮。没办法，必须出去找工作。忽然，路边的一则广告吸引了他：一家果园场正在招聘采果工人。他立即前去应聘。老板一见是孙悟空，喜不自禁，他晓得孙悟空的本领，再高的树也能爬上去，再难摘的果子也不在话下，当即拍板，录用了！

老板把孙悟空带到果园，递给他一个筐，他接过筐，蹿上跳下，手疾眼快，不一会儿就摘了一大筐。他一个人能顶十个人干活，老板喜得合不拢嘴。

可好景不长，只因孙悟空抵挡不住美食的诱惑，一见到大个儿的、鲜艳的果子就往嘴里送，有咬一口的，也有啃半个的，老板心疼自己的劳动成果，一生气把他给辞了。

孙悟空垂头丧气地游走在大街上，心情超差。走着走着，一抬头看见对面的邮政局正在招工，心想：俺老孙有个专长——筋斗云，若去当一名邮递员不是正合适吗？想到这儿，他三步并作两步走了过去。领导见了孙悟空，眼睛都瞪圆了。他晓得孙悟空的本领，一个筋斗就是十万八千里，比飞机还快呢！他立即同孙悟空签了约。

孙悟空每天按时上班，经他送的信，从来不误时，不出错。他也乐此不疲，成了一名出色的邮递员。

现在，孙悟空终于找到了属于自己的一份工作！

天　敌

林雅珊

微风轻轻吹，在这个风和日丽的日子里，画眉妈妈生下了三只宝宝。他们毛色鲜艳，有红、蓝、灰、黄等各种颜色，五彩缤纷，真像穿了一件件艳丽的衣服。

这天，小鸟们饿了，画眉妈妈决定出门去找东西给她的宝贝们吃。途中看见一只喜鹊被小朋友用弹弓射伤了，画眉妈妈吓坏了，正在这时，大狗汪汪从这里路过，急忙冲上前去，小朋友只好连忙逃走，喜鹊这才得救了。画眉妈妈着急了，心想：我得赶紧回家教育我的孩子们警惕"天敌"。

于是，它从河边找来一块画板，在上面画上弹弓和鸟笼，叼着画板急匆匆地往家里赶。刚一到家，就把画板挂在高高的树枝上，瞧了瞧小画眉，气喘吁吁地说："孩子们，我今天要为你们上一堂课，课题是'天敌'，刚才喜鹊阿姨被坏小孩用弹弓射伤了。是大狗汪汪救了喜鹊阿姨的。所以以后，你们见到弹弓和鸟笼，要赶快飞走，听懂了吗？""汪汪和喜鹊阿姨不是死对头吗？"小画眉不解地问。"因为不久前汪汪也是被几个调皮的坏孩子打伤的，我们动物王国的共同敌人就是那一些不懂得爱护小动物的坏孩子！""那些孩子为什么要和我们作对呢？大森林没有了我们，人类就会过得更好吗？"小画眉们疑惑了。"那当然不会啦！"画眉妈妈苦笑了下。"那我们赶紧去告诉所有的小朋友，请他们别再伤害动物，不要破坏我们的幸福生活；告诉他们，我们也是有生命的；请他们想象一下，假如他们是鸟类，换成我们去伤害他们，他们会怎么样呢？"画眉哥哥说得头头是道。

"好啊，好啊……"画眉一家高兴得又蹦又跳。小河哗哗的流水声伴着百鸟的鸣唱声使大森林增加了不少迷人的光彩。

未来世界的生活

李欣洋

"丁零零，丁零零……"一天早上电话响了。我迷迷糊糊地接起电话，看见电话屏幕上的头像，是偶然间认识的魔法世界的朋友——兴波。电话那边的她兴奋地说："快点来飞机场接我吧！我要感受一下你们世界的生活！"我一下子来了精神，蹦了起来："太好了，OK，马上就到。"于是，我快速来到洗手间按下按钮，牙刷、牙膏、洗脸的水、毛巾各就各位。我洗漱完毕，开着快乐宝宝车，转眼间就到了飞机场。

"你来得可真快呀！"兴波一见我就高兴地说，但眼睛却不停地打量着我的快乐宝宝车，"这车应该是多功能的吧？""对呀，它可以在天上飞，也可以在水里游，还可以变成火箭到宇宙里去呢！""我想开开好吗？""当然可以啦。"我告诉她直接按红色的"回家按钮"就可以，因为程序是设定好的。"三、二、一、起！"眨眼间，就到了我的家里。兴波惊讶地直夸我的车太棒了，比她的最新型的魔法扫把还要快好几倍呢，而且舒适极了。

我们走下车来到家门前，兴波好奇地问："你的房子是透明玻璃的，不怕有小偷把玻璃打碎了吗？""呵呵，当然不怕了，因为每块玻璃都有监控装置和报警设置，并且还会识别主人的声音，只要听到主人的声音，门就会自动打开。""哈，那不是像施了魔法一样？"我们边聊边进到我的家。

我带她参观了房间，并热情地介绍了每个房间的功能。"瞧，这是动感厨房，如果你想吃什么，只要你把食材放进去，选择程序，它就会自动为你做出可口的美味来。"兴波瞪大了眼睛诧异地问："天呀，那岂不是比魔法还方便？"我自豪极了，笑着说："呵呵，这就是科技嘛，我们的世界没有魔法，但我们的科技很发达，这就是人类的智慧努力的结果！"

下午，我又带兴波去了未来公园、未来游乐场等地方。时间一点点儿过去了，兴波要走了，她不无感慨地说："你们的世界太奇妙了，我要告诉魔法世界的每个人——人类太伟大啦！""欢迎魔法世界的朋友来参观！"我愉快地和她告别。

我心中的梦想

刘 悦

躺在垃圾箱旁，我的情绪很低落，可心中总有着无数的企盼与梦想。

记得一年前，我还被摆在货品专柜最显眼的地方——水晶玻璃架上。许多人都向我投来赞美和羡慕的目光。

"滴答，滴答。"天空中不知什么时候下起了小雨，不停地落在我的脸颊上，打在了我的心头。在泪光中，往事如电影一样浮现在眼前：在水晶架上的第三个月，我被足协指定为比赛用球，并出现在我梦寐以求的绿茵场上。这次是皇家马德里队VS中国健力宝队。裁判一声哨响，我就在国际球星贝克汉姆的脚下滚来滚去，快到中国的球门了，小贝左脚旋起，猛地一下把我踢了出去，场上立刻响起了欢呼声，这欢呼声仿佛是在为我而叫喊。我兴奋到了极点，如果我进了球门，就会成为贝克汉姆踢进的第五十九个球了，想到这儿，不觉热血沸腾，我用尽浑身力气将全身抱紧，闭上眼睛，迎接即将到来的胜利。风在我耳边逃遁，突然，有种不祥的预感涌上心头。我连忙睁开眼睛，天啊，前面是球柱。"不要！"然后全身一下没力气了，昏了过去。等我醒来时，发现自己被抛弃在足球场的垃圾箱里。足球场上又不时传来阵阵欢呼声，可此刻已不属于我。

雨越下越大，我泪眼婆娑中，感觉到有人朝我这边走来，然后，一双小手将我捧了起来。"嘿，没有想到在这里捡了个宝贝，虽然裂开了缝儿，但补补，照样能踢。"他有些激动。

后来，我知道了，他是学校"奥运"足球队队员，而我，也跟着他一起在绿茵场上肆意地挥洒着汗水。大千世界，人海茫茫，因为同一个梦想，我们互相支持；因为同一个梦想，我们一起努力。

2008，你的梦想，他的梦想，也是我——一个足球的梦想。

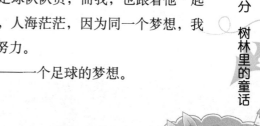

阴雨的日子

张 佳

窗外飘起了细雨，连绵不断，雨丝汇聚在窗玻璃上，化做缓慢流动的水滴。阴雨的日子，我不能出去玩，呆呆地望着窗外，浮想联翩。

你看，窗外的小雨滴多么开心呀！它们随风自由自在地四处旅行，拜访四季常绿的樟树、雪松；抚摸娇嫩艳丽的花儿；问候大自然中的江河湖海……小雨滴所到之处，留下的是清新、快乐。

雨中的竹林一定有一番新奇的景象。春笋在雨滴的催促下，一个个冲出泥土，探出尖尖的脑袋，好奇地打量着光明的世界。一根根竹子舒展着枝条，抖了抖被雨滴冲刷干净的外衣，微笑着望着刚出世的笋芽，好像在说："欢迎你，笋芽儿，这世界是多么充满生机，充满活力呀！"

阴雨的日子，我会想起妈妈的微笑。它也像小雨一样飘过五彩的大地，在一碧如洗的蓝天上化作和煦的春风，温暖着我的全身。我也会想起妈妈的恼怒，它让所有的不快乐情绪都凝固，就好像这样的阴雨天。

也许在这样的阴雨天，许多人都会像我这样待在房间，不能出去玩，好像有点孤单。那就请和我一样想象，在这阴雨的日子，小雨滴一定会把你的孤独带走，给你留下快乐！

阴雨的日子，感谢快乐的小雨滴吧！

在我0岁那年

周果锋

我0岁时，是在妈妈的肚子里生活的。

妈妈的身体是我的"家"，妈妈的肚子是我的摇篮，妈妈吃的食物是我的营养品，妈妈的眼睛就是我的眼睛，妈妈的耳朵就是我的耳朵，妈妈的喜怒哀乐，影响着我的情绪。

听妈妈说，当时她怀着我是多么辛苦。特别是刚刚开始时，我还不太适应我的新"家"，老是闹情绪，害得妈妈吃不香，睡不甜，一见东西就吐。记得有一次，妈妈去大饭店吃饭，我正等着她把那营养丰富的鱼肉、新鲜的蔬菜、可口的点心一样一样地往里送，可是等了大半天，空空的，一样食物也没有，而且还不停地听见妈妈的呕吐声。我耐不住性子，用脚猛地踢妈妈的肚子，恨不得踢开"大门"出来自己吃。这时妈妈耐心地用手摸着肚子，轻轻地对我说："好孩子，乖一点儿，不要心急，等到你成熟了，大门自然会开的。"我这才安安静静地躺在温暖的"摇篮"中。

后来，我一天天地长大，也一天天地适应了我的新"家"。我变得乖了，变得安静了，妈妈也就开心、快乐、健康了，吃饭香了，睡觉好了。为了让我吃得白白胖胖的，妈妈总是吃各种各样的食物，我尽情地吸食着妈妈送进来的香甜可口的大餐；为了让我能更早认识世界，妈妈总带着我去公园散步、去田野呼吸新鲜的空气……我睡在"摇篮"里享受着妈妈带给我的温暖、快乐、安全。

最后，我终于成熟了，健健康康地从妈妈的肚子里钻了出来，见到了我的妈妈，见到了所有的人，见到了这个美丽的世界。

想想0岁的我真是有趣：身子不用穿衣、吃饭不用嘴嚼、散步不用脚走，不用刷牙、洗脸，不用洗澡、理发，更不用写作业……无忧无虑，自由自在，一切都在自然中成长！

第一部分 树林里的童话

贝壳

宋 昱

　　我，是一枚小小的贝壳。虽小，却非常坚硬，非常精致。回旋的花纹中间有着或深或浅的小点。如果再仔细观察的话，在每个小点的周围又有自成一圈的复杂的图案。没想到我们贝壳这么漂亮呀！怪不得古时候的人们要用我的同胞们做钱币呢！我能做个贝壳，可真是我的福气呀！

　　我一直在海底待着，很无聊。有一天，我的身体里面住着的肉体干枯了，我就成了"自由人"了。终于有一天，一个海浪将我冲到了海边的沙滩上。望着眼前美丽的景色，我呆住了，沙滩、海风、蓝天、白云……

　　不知过了多久，一个十六七岁的小姑娘发现了我。她将我拿起来，捧在手里仔细地端详着我，嘴里还念叨着："这可真是一件艺术品啊！为了一个短暂、微小的生命，上苍给它制作的寓所却是多么精致、多么仔细、多么一丝不苟啊……"

　　这是在夸我吗？那是当然的啦！我身体里的生命虽然很微小，但是，它把我这么一个漂亮的贝壳留给人间，让人欣赏确实不错。倒是人类，他们的生命，比我身体里的生命要长好多好多，他们更应该在这大千世界里留下一些令人惊叹、令人珍惜的东西，还应该把他们所能做到的事情做得更仔细、更加一丝不苟呢！

　　我希望每一个看到我的人，都能够明白这个道理，希望他们都能够留下一些令人珍惜、令人惊叹的东西！

开屏的孔雀

林 耿

天黑了，莹白的月光透着淡蓝，将整个天幕点缀得异常美丽。夜幕下，一幢小楼十分耀眼，每一个窗子都努力地向外透出各种闪烁不定的迷人的灯光。小楼里人头攒动，热闹非凡！

小楼外面，嗖嗖的冷风贴着地面划过，卷起几片枯黄的落叶在空中打转儿。街道上很安静，只有小楼里面飘荡出来的乐曲与冷风相互应和着。一片孤单的黄叶飘飘悠悠地落下，正好掉在一只可怜的孔雀身上。这只孔雀叫亚尔迪。

亚尔迪是孔雀中最丑的一只，他在一年一度的选美大赛上，遭到所有人的歧视，都是因为他的尾巴太长，太长，拖拉着像个扫把。今晚，街道对面的那幢小楼，正在举行今年的选美大赛！

亚尔迪孤独地流浪在街头的寒风之中，他忍不住朝着小楼张望。透过那明亮的窗玻璃，亚尔迪仿佛看见一只只穿着时髦的各种鸟类在T型台上欢快地扭动着身子，尽情地展示着自己的美丽；照相机的闪光灯，不停地眨巴着眼睛；观众席上，爆发出阵阵热烈的掌声与喝彩声……

可怜的亚尔迪再次流下了眼泪，他多么希望自己的尾巴可以短一点，哪怕是一点点也好啊！他靠着墙角坐下来，望着自己的尾巴独自伤感。猛然间，他产生了一种极端的想法：割掉这不争气的尾巴！于是，他想捡起地上的一块小石头……

就在他弯下腰去的那一刹那，他发现在街道中间，就在靠近小楼的街道中间，有一只箱子。他想，这只箱子挡在街道中间多危险啊：如果有老人或小孩不小心碰到它，如果疾驰而过的汽车碰上它……天啊，他实在不敢想象将会发生什么。这时，他仿佛忘记了自己的孤独，忘记了自己的痛苦，赶紧跑过去把箱子提到街道边来。正当亚尔迪打算离开的时候，箱子忽然间自动

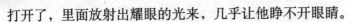

打开了，里面放射出耀眼的光来，几乎让他睁不开眼睛。

亚尔迪十分好奇，凑近仔细看看，发现箱子里放着一面精致的镜子。

啊，这面镜子真大，真漂亮！它想，为什么不用这面镜子来照一照自己那即将割掉的不争气的长尾巴呢？于是，他从箱子里取出了镜子，让他斜靠在墙边。

小楼那边从窗子里透射出来的彩色的灯光照在镜子上，然后又强烈地反射在孔雀亚尔迪的身上。亚尔迪身上的每一片羽毛都被照得那样明亮。亚尔迪抖了抖羽毛，它想放松一下自己。就在这时，让人意想不到的奇迹发生了——亚尔迪的长尾巴居然神奇地张开了，形成了一面五彩缤纷的屏，并放射出迷人的光芒！

亚尔迪惊呆了，他从来没有像现在这样漂亮。他想起了奶奶曾经说过的话："孔雀最美的地方就是开屏的尾巴！"

啊！没想到，这遭遇歧视的，令他无限伤心的长尾巴，竟蕴藏着如此这般的美丽。亚尔迪兴奋极了，感到自己已经不再可怜。于是，他满怀信心地走过街道，走进对面那幢正在选美的小楼。

就在他登上T型台的瞬间，全场一片沸腾……

第二部分

打开一扇窗，可以迎接风

　　读书，既要看也要读。朗读，可以让你更从容地体味文章韵味，培养语感。阅读，可以锻炼你的浏览速度。好书要反复读，因为"好书不厌百回读，熟读精思子自知"。读书，也不只是看或读而已，还要认真思考体会。体验过程，领会思想，这才是读书的最终目的。

　　书，是青青的橄榄，是甜甜的蜜桃，是清雅的香茶，也是甘甜的美酒。只要细心品味，认真体验，就能从中找到无限的快乐。

——许蕾《体验读书的快乐》

赶 海 去

袁国庆

作为一名土生土长的如东人，我觉得十分遗憾——因为我还没有看见过家乡的大海，还没有到海滩上好好玩儿上一回。不过，这一天，终于实现了。我和同学们在老师的带领下向海边出发了！

远远地，我就听见了大海的呼吸。于是，我顾不上挽起裤管，急切地奔向大海，我想与它融为一体，去感受它那澎湃的心跳。微风习习，咸咸的海风抚摸着我们的脸庞，阳光暖暖地照在身上。沙滩在海水的冲刷下，形成了一道道波纹，仿佛有千万块瓦片铺在上面，凹凸有致。一路上，时常有小沟拦在我们的面前，连平时十分矜持的女生也迫不及待地挽起了裤管，脱掉了鞋袜。脚底一接触到海滩，一种从未有过的感觉就流遍全身，不冷不热，不软不硬，轻轻地、柔柔地挠着我们的脚板。

我们向海滩纵深处进发，"孩子们，踩文蛤呀！"老师带我们来到一块地方，就开始踩动起来。大概三四分钟后，原本结实的沙土开始松动，变得有些柔软，像铺了一层地毯。接着我们看到，有一摊水随着踩踏在荡漾，然后五彩斑斓的贝壳冒了出来，一只、两只、三只……"是文蛤！"有同学大叫起来。嘿！真的是"天下第一鲜"呢！我这才明白，原来"天下第一鲜"是这样被踩到的。随后，我们也学着老师的样子跳起了"海上迪斯科"。在同学们的不懈努力下，沙土成了一团发酵的"面团"，瞧！贝壳越聚越多，我们的收获还真不少呢！

夕阳渐渐西沉，晚霞映红了整个天空，也映红了整个海滩，我们踏上了回程的道路，我在心里对大海说："大海啊！我爱你。大海，再见了，我还会再来的。"

洗刷刷，洗刷刷……

李重霖

"嘻唰唰，嘻唰唰……"我一边唱着歌，一边蹦蹦跳跳地回到家。人还没有到家门口，我就朝着屋里大喊："妈，我回来了！"我一连叫了好几声，可屋里却没有人回应。我不禁埋怨起来：妈妈也真是，每次我回家的时候，她总是不在家。我只好掏出钥匙，自己开门。

门"吱呀"一声开了。我走进屋里，眼前的景象使我惊呆了：地板上满是脚印，地上到处都是瓜皮果壳，桌子上杯盘狼藉，果盘茶盅弄得乱七八糟。这一切告诉我——家里来了客人。我没在意这么多，便走进自己的房间看起书来。但是书没看多大会儿，我就想：如果有同学到我家，看到这情景会怎么说呢？我想了想，还是先把地面打扫完以后再来写作业吧。

我这样想着，便起身走进卫生间，想找只桶来装水，可是桶却不知去向。我回到客厅准备先清扫时，发现桶放在大厅的角落里。桶里面装满了水，旁边还放着拖把，显然妈妈是准备拖地，可能因为有什么急事先出去了。我先把地扫完，把桌子上的杯子、盘子收拾了一下，就拖起地来。拖把就像一个听话的孩子，在我手中听我使唤。我挥舞着拖把，一边哼着自己翻唱的"洗刷刷"的歌曲："洗刷刷，洗刷刷，瓜皮果皮壳呀，快快溜走呀……"地板与拖把的摩擦声，奏出一支轻快的小乐曲。这时妈妈回来了，她有点喜出望外。这个平时不问家事的小皇帝，如今开始学会当家做主人了。妈妈二话不说，就从我手中接过拖把，拖起地板来。妈妈拖地，我擦桌子；妈妈洗碗，我抹茶杯，我们俩配合得相当默契。经过半个小时的合力奋战，我和妈妈终于将屋子收拾得干干净净，地板拖得一尘不染，茶盘刷得锃亮锃亮，玻璃杯擦得像一面镜子。望着自己的劳动成果，我和妈妈你看我，我看你，两人不约而同地笑了。

劳动了一番之后，我和妈妈坐在沙发上休息。这时，窗外传来了花儿乐队《嘻唰唰》的歌曲，我一听便又情不自禁地跟着它唱起来："嘻唰唰，嘻唰唰……"

我唱《霍元甲》

池子傲

看了电影《霍元甲》以后，我就迷上了那首主题曲，有事没事总爱哼哼。"霍霍霍霍霍霍霍霍，霍家拳的套路招式灵活，活活活活活活活活，活着……"有点口吃的我唱起来特别顺口。

又是语文课，台上的老师兴致勃勃、慷慨激昂，台下的同学争先恐后地举手，教室里像是烧开了一壶水，热闹非凡。突然，我的灵魂深处又响起了霍元甲的声音，嘴巴情不自禁地哼出了："班级谁是第一又如何……啊——"同桌用胳膊肘狠狠地捅了我一下，这时，我才发现教室里已经安静了下来，五十几双眼睛齐刷刷地射在我的脸上，任凭我脸皮厚得可比大象，也还是红到了耳根。

上课不行，就下课唱吧。同学们正围在一起讨论着歌星影星的绯闻逸事，我挤进去说："下面，我来给大伙儿献艺，唱首《霍元甲》。"我拉开架势，手舞足蹈地卖弄开了："课堂难测，我是强者，谁争一统校园的资格……"哼，哼，有的同学嗤之以鼻，哈哈，有的同学装模作样地笑，都走开了。真是自讨没趣。

吃饭啦，食堂里闹哄哄的，像是一群马蜂来回冲刺。我练就霍家拳，当然动作敏捷，早早坐定了位置。对面的同学带了个复读机，他不放英语，偏偏放歌曲，而且放的就是《霍元甲》，我一下子歌瘾上来，也不管嘴巴里塞满了饭菜，跟着哼开了："食堂难测，我是强者，谁争……啊——"我的牙齿和舌头在争一统嘴巴的资格，结果当然是牙齿胜出，舌头受伤严重，妨碍了我进食的速度。

《霍元甲》给我惹的麻烦的确不小，可我仍然爱它，唱它，哼它，念它，我要让它在我生活中的每一个日子里"快乐地活下去"。

"发刑"

林智远

唉，最近我那可恶的头发又"犯罪"了。它变长了，弄得我一直发汗，我只好再去让人胆战心惊的"发刑"院走一趟了。

到了"发刑"院，我见有很多人正在"受刑"，发型师都快忙不过来了。我只好在"刑台"前等待了。足足等待了一小时才轮到我上"刑台"受刑，此时我的腿僵硬得连行走都很困难。

上了那可怕的"刑台"，师傅手拿锋利的"凶器"，开始动刑了。首先要低头认罪，等到你脖子酸得快断的时候还要任人摆布，可真让人受不了呀！我干脆把眼睛闭上，随他怎么个"减法"。忽然有几根头发落在鼻子上，我觉得奇痒难忍，刚想睁开眼睛用手刮一刮，"发刑"师拿着剪刀在我眼前一晃，我只好痛苦地忍着痒，再次把眼睛闭上。

"发刑"完了，接着"擦刑"。发型师拿起毛刷刷着粘在脖子上的碎发。"发刑"师使劲地刷着，最后又不小心把一些碎发刷到我的嘴唇上。

"擦刑"完毕，还要"水刑"。我躺在那为"水刑"而特制的"水刑椅"上，头对准"水刑缸"，发型师先用水喷头把头发冲湿。"啊，这水怎么这么烫呀！"烫得我忍不住叫出声，他调了一下水温，顺手挤出洗发液往我头上乱抹一番，用劲全力挠我的头。我能感觉到他的指甲很长，但愿别划破我的头皮。他拿起水喷头冲洗我的头发，然后盖上毛巾来回揉搓着。头发还没干透，所以又要动"吹刑"了。最后一次坐上"刑椅"，"发刑"师拿出专用"吹刑器"，接通电源，向我那没干的头发进攻，怎么连它也要害我呢？我可以闻到头发散发出的焦味。

走下"刑台"，站在镜前，镜子里的我焕然一新，判若两人。虽然受尽折磨又要花去五元钱，想想这还是值得的。

粗心，我要和你说再见

姚一帆

以前，我做什么事都那么粗心，不是忘戴红领巾就是忘带作业本。为此，同学们送我一个外号——"姚遗忘"。也因为这，我不知被老妈K了多少顿，耳朵都快被拉成八尺长了。

一天晚上，我看电视看得很晚，迷迷糊糊地整理完了书包，就睡了。第二天到了学校，不料，竟从书包里掏出了一个遥控器。咦，我的文具盒呢？"哈哈哈——哈哈哈——姚一帆，姚遗忘！"周围的同学看着我手足无措的样子，忍不住捧腹大笑。我不禁面红耳赤，无可奈何地摇了摇头。大家一哄而散，像散布爆炸性新闻一样互相说着我的笑话。

这已经足够让我尴尬的了，但课上的一幕更让我的心情一落千丈。

"沙沙沙……沙沙沙……"语文课上，四十多张脸都是眉头紧皱，一个个俯首写字。而只有我无所事事，捧着课堂作业本在座位上发呆。"姚一帆！"糟了，我终于没能逃过王老师的"火眼金睛"，"你怎么不写字？""我……我……"顿时，我成了众人瞩目的焦点。四十多双眼睛不约而同地看着我，像是看到了一个从没见过的外星人一般。我打了个寒战，汗毛也一根根竖了起来，第六感的警报系统被全面启动。果然不出我所料，一向以"严厉"著称的王老师终于"火山爆发"了！我无言以对，在同学们异样的目光中，我的脸红到了耳根，头埋得更低了……

晚上，我辗转难眠。回想起以前发生的一幕幕，这不都是粗心惹的祸吗？人们常说：播下一个行动的种子，便会收获一个习惯的果实。唯有用行动，才能让"习惯成自然"。所以，我一定要改变"粗心"这种不良的习惯，将认真细致的种子埋下，用恒心去浇灌，去成就人生更多的精彩。

粗心，我要坚决和你说再见！

第一次乘飞机

董式豪

国庆节，爸爸和妈妈带着我去北京游玩。

在温州机场，我看见了一架银色飞机，它伸展着银灰色的大"翅膀"，停在宽阔的机场上，大得简直超出我的想象！十五分钟之后，我们走进机舱，等待飞机起飞。我的心忐忑不安，我坐过火车，坐过摩托艇，我不知道这能在天空中飞翔的"巨鸟"会带给我怎样的惊奇。

一会儿，飞机的马达发动了，强烈的响声好像把整个大地都震动了。飞机在跑道上滑行，我的心就像揣着一只兔子，咚咚地跳个不停。时间似乎很短，又似乎很长，飞机的速度不断加快，"呼"的一声，已经离开了地面，冲上蓝天。我的身体感到向后坠，整个人都贴在了椅背上。那一瞬间，我的心都提到了嗓子眼儿，心中却有着莫名的期待。

飞机渐渐地平稳下来，我知道飞机已经在高空了。我透过机窗玻璃向地面望去：田野上的人小得只剩下一个个黑点；汽车好像是爬行的蚂蚁；高楼大厦都成了模型。飞机很平稳，桌子上的水只是轻微地颤动，我的身体却感觉飞机是忽上忽下地运动，好像飞翔的海鸥，随时可能来一个俯冲。

我把头往爸爸的身上靠，闭上眼睛镇定了一下心神，再次往窗外看时，哇！地上的东西都不见了，到处只见翻滚的云海。有些地方云层很厚，就像一床硕大的棉被，有些地方很薄，仿佛是轻纱的围巾。云朵飘过来荡过去，变幻无穷，比起我在黄山看到的云海壮观多了。

"飞机即将在北京国际机场……"播音员甜甜的嗓音响起的时候，我才发现已经到了终点站了。

下了飞机，回过头去看银色的"巨鸟"，我的心中荡开了激动的涟漪。坐飞机的感觉真好！

037

第二部分 打开一扇窗，可以迎接风

冬 趣

尹晶钰

　　冷空气侵袭了集安大地，可爱的雪也如期而至，这里成了银白的世界，西大河河面上结了厚厚的冰。下午，我同爸爸妈妈来到了河边。在这雪白的世界里，在这洁白如玉的冰上，人们坐着爬犁，从坡上滑下来，速度极快，尖叫声、笑声在西大河的上空回荡。

　　我迫不及待地想体验一下那种快感。

　　我拉着爸妈来到了河面上，冰面真滑，走一步摇三摇。我租了个爬犁，拉着它，来到坡前。虽然我看着别人在冰上飞翔，但我还是抑制不住心里的害怕。我小心翼翼地坐在爬犁上，手紧紧地握住绳子，心提到了嗓子眼儿，我对爸爸说："爸爸，你轻点儿推……"我的话还没说完，就已被爸爸从坡上推了下来。速度快极了，耳边的风呼呼刮过，我紧张得心就要从胸膛里跳出来一样，双手已不会动了，两条腿也似乎不是我自己的了，僵直地搭在爬犁上。我不由自主地尖叫起来，爬犁完全失控了，一下子翻倒在冰面上，我和爬犁就这样滑出去好远。爸爸跑下冰坡，边扶我边说："没有信心怎么能随机应变呢，自己把自己打败了呀！"听了爸爸的话，我又一次鼓起勇气，来到了坡上，这次我吸取上次的教训，拽紧绳子，蹬住爬犁头，紧张时也没有忘记拐头调整方向，这次竟然顺利地滑到了终点。我尝到了成功的喜悦，倍加自信。我又滑了好多次，终于，我也能像别人一样在冰面上"飞翔"了。

　　冬天，是个寒冷的季节，但在这个寒冷的季节里我收获了快乐，也收获了自信。

038

寂寞的滋味

韩立群

忘记了是谁说过的话：寂寞的人是不懂寂寞的滋味的。可是我，是一个不甘寂寞的人啊，所以就尝到了寂寞的滋味。

早晨，很迟很迟了，我才从床上懒洋洋地爬起来。要是平时，家里总是少不了欢笑声的，幽默风趣的姐姐，活泼可爱的弟弟，有他们在，想寂寞都难啊！可是今天，他们出门去了，说是午饭时回来，所以我只有等待着。

等待是一个漫长的过程，看书吧？无聊。看电视吧？没有什么好惦记的。上网聊聊，根本就没有话题啊。我在沙发上傻坐着，听着客厅角落里的挂钟滴答滴答的声音，听着心脏在我的胸腔里"扑通扑通"地健康地跳动。

找点事情做吧。我来到窗口，看着窗外车来车往，有小贩在贩卖东西，吆喝的声音很响，可是他的生意似乎很一般，很长的时间都没顾客光顾。马路旁边有小孩子在玩游戏，很幼稚的游戏，我已经不小了，不可能加入这样的游戏行列。

这时候，有风吹过来，是春风，很温柔的"吹面不寒杨柳风"。窗外，一片金黄的花瓣在风里飘，使人想起"人比黄花瘦"的诗句。想当年，李清照也是寂寞中人啊！

花开的时节是那么的美丽又短暂，四处散发着淡淡的清香。可是那个时候，我并不寂寞，总是来不及珍惜。现在那些欢笑已经变成了记忆，我才突然发现，生活中的很多事情是需要珍惜，需要惦念的。

姐姐和弟弟终于在午饭时间准时赶回，房间里又热闹起来。

寂寞是什么滋味？我没有很深的体悟，也没有很多的时间去感受，可是今天早晨的一段寂寞，让我对生活有了不少的新看法。

书法随想

姜　熠

我认为学书法并不难，那为什么却有人觉得练书法太难呢？我想这在于这个人肯不肯利用时间学习，有没有持之以恒、勇于攀登的精神。总之，关键还在于人。

我在练习"人"字时就深有体会。

谁都知道"人"字是由一撇一捺两笔组成的，看起来非常容易，但写起来并不简单。开始我随意地把撇捺写得一样长一样高，看起来这个"人"像没有长脑袋，失去了灵魂，怎么看也不像"人"。

于是，我停下笔，静下心来仔细地观察了一会儿，我忽然发觉：一撇一捺，这不就是支撑着"人"的两条腿吗？这时候的我终于明白了：写"人"字不仅仅要注意撇捺的角度，而且千万不能三心二意；只有"心"正了，字才能写正。有人说字如其人，也许是这个道理：字也有血有肉，也有思想感情。我不禁想到：做人不也正是这样的吗？做人就要做得堂堂正正，顶天立地，有一颗美好善良的心。这时，我才发现，原来做人与练习书法是那么的相似，竟是那么的密切相连啊！

"心正则笔正，人正则字正。"唐代书法家柳公权这句话加深了我对写字、做人的理解。

看来怎样做人不仅是学书法的关键，而且是做一切事的关键。

听，生活中的音乐

杨　毅

自从学了那篇《音乐之都维也纳》，我被维也纳人民对音乐的热情与向往感动了，也不知不觉地更关注我们生活中的音乐了。

每天下午四点十五分一到，学校后的二楼里就传出了一支笛子吹奏的美妙乐声。

笛声连绵不断，有时如小鸟般欢快活泼，有时像小豆子在鼓上欢蹦乱跳，充满弹性，使人心也活了起来，激动地跳跃着。有时优美缠绵，宛如碧波荡漾开来，小船伴着悠扬的摇橹声，从水中摇过。我似乎看见了早春的江南小镇上，一切在雾的笼罩中，桃花沿着河两岸，一路开了下去，小河里落满了花瓣儿，朦胧中，像是在下花瓣雨。有时凄凉幽缓，似乎秋风凛冽，树上只剩下两片叶子，一阵大风吹过，雨也潇潇地下了起来，两片叶子不舍地、蝴蝶般飘落下来，树枝上的雨水也滴落了下来，不，那分明是树的眼泪……有时，也会吹出雄壮的歌，一曲《我们是共产主义接班人》，那激昂的气势一点也不比升旗仪式时从音箱里放出来的逊色。

"谁呢？多美好的音乐！"我佩服起这位吹笛子的人。

在家里，楼上楼下也时常飘出各种琴声。楼下是一位一年级的校友，每天下午放学回家，都会听见"叮叮咚咚"的音乐声，那是她正在练习弹奏钢琴。有时在练音阶，有时练的是曲子，当听到我熟悉的曲子时，我会忍不住跟着唱起来。楼上住的是一位阿姨，她真是"活到老，学到老"，学习过插花、做纸花，她用各色纸做的纸花插在花瓶里，跟真的一样。从去年开始，阿姨又学起弹奏古筝。不信，你听，那首熟悉的《紫竹调》又响起了。我不禁停下笔，旋律萦绕，将快乐放飞。

轻松活泼的曲子、优美缠绵的曲子、激情飞扬的曲子，组合成一个旋律，它的名字就叫"我们爱音乐"！

041

第二部分　打开一扇窗，可以迎接风

我发现了冬天的美

戴 伦

我喜爱冬天的美，去看那蜡梅的英姿，北风的呼啸，冬阳的灿烂……

小时候，我爱听冬天的风声，那似千军万马奔驰的声音，耳朵里像装了高音喇叭，不停地放着刺耳的訇响声，别提有多爽了！瞧，风卷的鹅毛大雪覆盖了小河，河上铺了一层棉被，鱼儿在被中快活地游动着。

风"呼呼"地跑到金菊身旁，金菊吓得连忙闭上眼，惭愧地低下了头。可蜡梅却昂首挺胸，露出灿烂的脸蛋，金黄金黄，像一只只精巧的小领结。看着看着，我也不禁把身体挺直。

渐渐地，我爱享受冬天的阳光，那温暖的冬阳像顽皮的孩子在天地间到处跑。一会儿蹦到花蕊里，和它一起说悄悄话；一会儿跳到白雪上，拉着雪儿上天玩；一会儿扑到人们的镜片上，跳着美妙的"芭蕾舞"；最远的就是冲进大海，一闪一闪，像一大群一大群的金眼睛，交织着赤红的热情，向我们招手问好。

现在，我已是一个阳光少年，爱在冬天打雪仗。厚厚的一层白雪吞食了整个操场。我们呢，脱去了外套，挽起袖管，开始梦寐以求的打雪仗。"送你一块大雪糕！"只听洪晨一声呐喊，"唰"的一声，我已被击中了。嘿，出师不利。我抓起一把雪，揉成团，朝洪晨反击过去，可因没瞄准，打偏了。这样，你来我往，便成了一场"拼杀"。有的人干脆用跳绳甩雪，顿时，操场上下起了一场雪花"雨"。我们别提有多带劲了。

我爱朴素而缤纷的冬，因为，我的心中已种入冬的种子……

体验读书的快乐

许 蕾

　　亲爱的同学们，你们读过古人的这样一句话吗？"外物之味，久则可厌；读书之味，愈久愈深。"书读得越多，就越能体会到读书的乐趣。

　　小时候我爱读童话，时常看得入迷。我会为书中的主人公忽悲忽喜。主人公的命运，总能牵动着我的心，也总能给我莫大的教育。

　　我也爱读小说。《三国演义》中诸葛亮的神通广大、神机妙算，令我赞叹不已。诸葛亮博学多识，拥有超人的智慧、豁达的心胸和独特的见解。他读破万卷书，知晓天下事。他给我这样的感悟：拥有智慧，就是拥有财富。

　　我更爱读诗。有时流连于"明月松间照，清泉石上流"的意境，有时生发出"国破山河在，城春草木深"的伤感，有时又获得"山重水复疑无路，柳暗花明又一村"的体验。"读书破万卷，下笔如有神。"杜甫的这两句诗，更给我无限的感慨。如果我们读书只求"万"而不求"破"的话，是永远不会达到"神"的境界的。这个"破"正是研究读书的质量和效果。所以读书不但要读万卷，还要破万卷。

　　读书，既要看也要读。朗读，可以让你更从容地体味文章韵味，培养语感。阅读，可以锻炼你的浏览速度。好书要反复读，因为"好书不厌百回读，熟读精思子自知"。读书，也不只是看或读而已，还要认真思考体会。体验过程，领会思想，这才是读书的最终目的。

　　书，是青青的橄榄，是甜甜的蜜桃，是清雅的香茶，也是甘甜的美酒。只要细心品味，认真体验，就能从中找到无限的快乐。

舞蹈吸引我

陈洋洋

每次在电视屏幕上或者舞蹈室里看到翩翩的舞姿，我总会有一种走火入魔的感觉，因为我的心思全被舞蹈给吸引过去了。

唉，多么希望时光能够倒流，这样我又能回到俏皮小女生的年代了。那时候，很流行孔雀舞，爱舞蹈的我当然会一手喽。当我穿着孔雀羽毛一样漂亮的衣裳，在灯光闪烁的舞台上尽情展现我的舞姿的时候，台下的同学们都会流露出羡慕的眼光。我小小的身子是那么纤细，柔软的四肢摆出各种造型，仿佛是童话中的公主来到大家的面前。掌声如潮，自我感觉棒极了。可是现在，唉……

著名的芭蕾舞曲——《天鹅湖》总是让我百看不厌。独自在家的时候，我写完功课，就会把自己精心挑选的《天鹅湖》碟片一遍又一遍地放映，然后在大厅里踮着脚一遍又一遍地模仿。天鹅的动作真美，优美的音乐声让我如痴如醉。大厅的地毯很软，我却一次又一次把脚尖踮得红红的，有几次，甚至把脚腕都弄肿了。当我背上书包一瘸一拐地走进学校的时候，同学们都用异样的眼光看着我。我没有后悔，因为学舞蹈的过程就是那么一种滋味：辛苦中带着甜蜜。

我表弟喜欢拉丁舞，我到舞蹈室接他的时候，就在窗口看着他和一群小女生排练。表弟的打扮挺酷的，黑色的袜子，粉色的衣裳，梳着很前卫的刘海儿。虽然他的动作很生疏，有些硬板，一班人的配合也不是很默契，可还是让我看得忘记了时间。

多么怀念舞蹈啊！可是因为我的成绩不够理想，妈妈怕学舞蹈影响了我的学习，我只能忍痛割爱了。如果有一天，我的成绩上去了，久违的舞蹈我还能跳得那么优美吗？

044

学阅读写作的感觉真好

张佳怡

我喜爱阅读。每次阅读，我就像走进了一个个奇妙的世界，文中的美景让我向往，文中的伟人让我敬佩，文中的故事让我感动……阅读让我拓展了课外知识，提高了辨别是非的能力，享受了成功的喜悦。

暑假里，我参加了阅读写作班的学习。老师说要带领我们阅读佳作名篇，让我们学会在阅读中理解，在阅读中感悟，在阅读中创作，将来人人都能拥有一座阅读的宝库和一支生花的妙笔。我听了特别高兴，真希望自己快点成功。我每天认真听讲，主动思考，渐渐地学会了阅读的基本方法，做的练习正确率慢慢提高。

这一天，我照例开心地走进学习班。老师让我们拿出作文本，亲切地说："这几天阅读，让我们沐浴在爱的阳光下，感受到父母的爱、老师的爱，甚至是陌生人的爱。请你打开记忆的大门，找出你在大家庭中印象深刻的一两个人，写写他们和自己的故事。"有了前面的阅读范文的引路，我很快提起笔"刷刷刷"地写起来……

第二天，老师笑眯眯地说："这次作文写得好的同学有：张佳怡、朱恬恬……"老师还走到我面前说："不错，进步很快嘛，继续努力！"我听了，内心像喝了蜂蜜一样香甜，感觉自己像小天使一样，肩膀两端生出亮晶晶的翅膀，带着一脸的自豪，在天空自由飞翔。我飞过茂密的森林，飞过美丽的花园，享受着茉莉花的芳香，感觉真好！

回到家，我把作文拿给爸爸妈妈欣赏，他们一个劲儿地夸我是个聪明的孩子。听了夸奖，我的心中暖暖的，像在泡温泉，开心极了！

我喜爱阅读写作，它使我体验到成功的感觉。

雨的气息

王泽雨

昨天下午，我正写着作业，雨便无声无息地下了起来。

淅淅沥沥的雨滴落在房子上、树木上、花草上……蒙蒙细雨犹如一层晶莹剔透的珠帘笼罩着整个世界，风追赶着雨，雨追赶着风，风和雨又联合起来追赶着乌云，整个大地都处在风雨之中，密集的雨点好像奏着一首轻曼抒情的曲子。突然，一道闪电划破了整个天空，接着就是一记惊天动地的响雷，似乎要把整个世界震碎了似的。我被窗外的景致诱惑，不禁推开了窗户，一股泥土的芳香迎面扑来，我的心情倍感舒畅。姐姐说，这是一种不寻常的气味，没有花的浓郁，没有绿叶的淡雅，没有水的清纯，但这是一种说不出却又能让人心旷神怡的气息。

一会儿，雨过天晴，一道绚丽的彩虹呈现在东方。它横跨天宇，仿佛一座美丽的彩桥，灿烂夺目，又仿佛是一个巨大的七色拱门矗立在我的面前，似乎只要再走十几步，就可以穿过拱门似的。我放眼远望，大片青草如地毯，树叶上许多晶莹透亮的水珠在不断地翻滚，柳树上那嫩绿的叶子在枝头舞蹈，路旁美丽的花儿仰着笑脸……

多么清新的空气啊，从泥土里、树枝头、绿叶中、花朵上、草丛中飘散出来，混杂在一起，组成了一瓶"自然"牌的空气清新剂。这种空气清新剂比任何一种都香，比任何一种都贵，它是买不到的，因为它是大自然馈赠给我们的气息……

打开一扇窗，可以迎接风

史桃桃

"一只脚踩扁了紫罗兰，它却把香味留在那脚跟上，这就是宽恕。"

生活中，我们常常会给某些事或某些人下一个定论，认为他们应该有哪些举动与言行。如果对方超出了我们给他设的定论，就会让我们感到心中不痛快，我们就会去怨恨他，结果弄得双方都不愉快。

有一次，我和一个好朋友吵架了。那几天，谁也不理谁，她看我别扭，我看她也不顺眼。冷战持续了好几个星期，在那些日子，我时时刻刻都在接受心灵的"拷问"。因为冷战，与朋友的欢声笑语已经被无尽的沉默代替；因为冷战，满腹的话语不知向谁去倾诉；因为冷战，就连睡觉时也辗转反侧。终于，在一个阳光灿烂的午后，在幽静的林荫小道上，我说出了自冷战以来我俩之间的第一句话："我们谈谈，好吗？"她愉快地答应了。于是我们在路边的一个小凉亭里坐了下来。我歉意地说了声："嗯……上次的那件事……"我犹豫着把仿佛已背了上千遍的台词不连贯地吐出来。"过去的就让它永远过去吧！"没等我把话说完她插话道，"我们依旧是好朋友……"

人们常说"理解是阳光"，但我今天却要说"宽恕是太阳，它把每一分热洒到人的心窝里"。

是啊，这世间没有一个人是十全十美的，再清的泉水也有尘埃，再美的玉石也有瑕疵。要知道，老天爷不是靠怪罪人类来运作整个世界的——所有的对别人的理解、责备都是人类自己造出来的。

宽恕别人，等于宽恕自己。

炎热的夏天又来了，你开好窗，做好迎接风的准备了吗？

为自己打开一扇窗，去迎接风的到来吧！

原来"偷盗"这么难

金佳煜

这是我平生第一次"偷盗",但也是最后一次,因为它让我觉得"偷盗"行为是那么恐怖。

这一节课是语文词语听写,老师严肃地站在讲台上。教室里鸦雀无声,我只觉得头上冒着冷汗,因为昨天晚上我忘了复习词语。突然,一个坏念头在我眼前闪过——抄别人的答案。

听写开始了,我的第一难关也开始了。面对着那答案的诱惑,我开始了"任务",可一位"大汉"——书包,正挡在我的眼前,阻挡了我的视线。我想方设法爬过"大汉",但都一次次被它的高度打败了。这时我的脑子有了一点灵光,我把椅子向后移了移,使后背紧紧贴住椅背。终于有了一点希望,但是内心的胆战已到了极点。我只能放弃了这一条通向答案的大道。

我又开始走另一条小路。但是又一位让我闻风丧胆的"高手"却出现了,那就是老师的目光。他仿佛已在手中握了一把削铁如泥的宝刀,准备随时刺穿你的胸腔,置你于死地。老师这一双眼睛瞪得大大的,不停地搜寻着"猎物"。我这刚出生的小羊怎斗得过猎人呢?我知趣地悄悄避开,但是头上的汗已流经脖子湿透了背心,心跳速度直线上升。"猎人"不停地在教室里搜寻目标,我也只好躲躲闪闪。终于"猎人"走向了别的猎场,我高兴得仿佛快要跳起来。

而此时,听写结束了,我一下子呆若木鸡,神情恍惚,折腾了半天,却是瞎子点灯——白费蜡。这时我懂了,做事得靠平时认真学习,掌握真功夫,靠"偷盗"是永远不可能成功的。

第三部分

心中的那一片绿荫

　　放眼望那广袤的田野，无边无际。田野被沟渠分成一块一块的，裸露着它那黑黝黝的胸膛。翻开一块泥土，就能看见一粒粒麦子镶嵌在上面，麦子已经鼓出了细小的芽儿。啊，稻子刚收割完，这大片田野又在孕育新的生命了！想到这儿，我仿佛看见来年春天，绿油油的麦子在春风中摇曳着，翩翩起舞……纵横交错的水渠灌溉着田野，那"叮叮咚咚"的水流声清脆悦耳，像钢琴家在弹奏乐曲。那潺潺的细流淙淙地流进田野，滋润着麦种。

——唐朝《我爱恋田野》

四季的风花雪月

吴与伦

春天的风、夏天的花、秋天的月、冬天的雪，释放着各异的魅力。你，回味过了吗？

春天的风·苏堤春晓

"沾衣欲湿杏花雨，吹面不寒杨柳风"，春天的风，轻盈、飘逸、细柔、妩媚，没有夏风的狂野，没有秋风的萧条，没有冬风的凛冽。拂过脸颊，像细嫩的手抚摸着你。看春风，要去西湖，在别有风情的苏堤畔，垂柳依依，春雨蒙蒙，春风拂过你的脸庞，带来桃花的芳菲、梨花的清馨、杏花的幽香，再撑起江南的绸伞，任春风缭绕在你身旁，多美的意境啊！

夏天的花·曲院风荷

盛夏的花，经过秋冬的酝酿，春光的洗礼，到了它们的鼎盛时期，开得更加绚丽了。花之仙子赐予了它们花容月貌和醉人芳香，花儿便在它们生命中最绚烂的那一季，尽情展现自己，为生命再奏一曲华章。西子湖上，莲花又绽开了，不知道是谁说了："接天莲叶无穷碧，映日荷花别样红。"蜻蜓儿往来于莲花之上，荷香沁脾……

秋天的月·平湖秋月

秋天来了，带走了炎热与聒噪，送来了清凉与宁静。八月十五中秋夜，凉爽而安谧。仰望星空，你会看到，在那遥远的天之尽头，圆月已经悄悄地爬了上来，是那么圆，那么亮，清澈而光明，犹如西王母那玉盘挂在苍穹之上。透过纯净的明月，我仿佛看到广寒宫里的玉兔日复一日地在桂树下捣药，看着西湖水平如镜，听着南屏晚钟抑扬四荡，耳畔便响起了"白兔捣药成，问言与谁餐"……

冬天的雪·断桥残雪

冬天到了，到处下着雪，俨然已是银装素裹的世界。在暖烘烘的小屋里烤着火炉，泡上一杯名泉沏成的佳茗，啜上几口，倦意顿失。看着窗外，精灵般的雪花把大地装扮得靓丽可爱，它们永不倦怠地飘着，落在积雪千年的断桥上，仿佛又看到了许仙与白娘子的身影，恍惚间，不见人影，唯独听见白雪消融间传来一声声响彻千古的叹息……

051

品尝完四季的风花雪月，看完西子湖上的四季佳景，春夏秋冬变得更加可爱了。

我眼中的汉字

吴　钒

同学们，你想知道我眼中的汉字是什么样的吗？

我眼中的汉字是千变万化的。"开"字出头就变"井"；"石"字出头就变"右"；"午"字出头就变"牛"；"佘"字出头就变"余"。

我眼中的汉字是妙趣横生的。比如"日"字吧，老师是这样告诉我们的：甲骨文和金文的"日"字像太阳的形状，所以"日"字的本来意思表示太阳。太阳只有白天才出现，因此，"日"引申指白天，与黑夜相对。太阳的升、落与时间有关，所以"日"字还泛指时间、光阴。后来我发现"日"字还能变换花样，它只要添一笔就可变成"田、甲、申、由、白、目、电、旦、旧"等汉字。你说好玩不好玩？

现代人对汉字有许多有趣的解释。比如："旧"，指任何新的东西只要过了一日，就成了旧的；"恩"，指无论施"恩"，还是报"恩"，都"因"有颗善良的"心"；"骗"，指一旦被人看穿，"马"上就会被人看"扁"；"舒"，指"舍"得给"予"他人，就能获得快乐；"债"，指欠了别人的，就要偿还，这是做"人"的"责"任。

汉字是千变万化的，汉字是妙趣横生的，汉字是神采飞扬的。学习一种语言就可以进入一个世界，就可以从另外一个角度观察事物。让我们努力学习中文，从汉字开始吧！

心中的那一片绿荫

秦 熔

在我心中有一片绿荫，我会时时想起它，在梦里见到它……

它，就是外婆家那一片绿茵茵的葡萄架。妈妈说，和它第一次见面时我才八个月。当时，我正在哇哇大哭，可一见到它，就突然安静下来，用一双黑溜溜的眼睛愣愣地望着那一片绿。从此以后，我们每年都见它。走的时候，我也免不了为它流下几滴眼泪。

今年，好不容易盼到了暑假，我又可以去外婆家了。

刚一进园门，那一片生机勃勃的绿就扑入了我的眼帘，我跑到葡萄架下，深吸了几口气，开始仔细地打量起它来。就像打量一个久别的朋友。今年，它好像长得更旺盛了，一根根褐色的葡萄藤更粗壮了，它们爬满了整个棚架；一片片叶子绿得发亮，像刚搽过油似的，密密层层；阳光透过它们射下来，只在地上形成了几个不规则的小亮点。那一串串数不清的绿玛瑙似的葡萄挂在架子上，真像是用水晶和玉石雕琢出来的，晶莹透明。我迫不及待地摘下一个，一咬，呀！还真酸！

吃不着葡萄，天天在葡萄架下玩耍，看着葡萄生长也是其乐无穷的。过了几天，葡萄上刚来时看到的那种碧绿的颜色不见了，都染上了一点红色。我知道，葡萄就要成熟了。果然，在雨露的滋润下，在阳光的爱抚中，这些葡萄渐渐地变成了淡紫色、红紫色。太阳一照，葡萄紫里透红，变成了一串串紫色的珍珠……

葡萄终于成熟了，那一粒粒椭圆形的葡萄聚在一起，挤挤挨挨，水灵灵的，好招人喜爱。我迫不及待地剪下几串葡萄，小心翼翼地用清水洗净，摘下一颗放在嘴里一咬，呀！甜滋滋的带点酸味，真好吃。我一口气吃了好几

串，外婆看着我的高兴样，笑着说："别着急，慢慢吃，保你吃个够！"我笑了，外婆也笑了。

　　暑假快结束了，我该离开外婆家了。望着园里那一片绿荫，望着那一串串、一簇簇晶莹剔透的葡萄，我禁不住又流下了眼泪……

欢乐谷之秀

田佳玲

今年暑假，我们全家去了向往已久的西部惊奇欢乐谷。早就听说那里小朋友喜欢玩的地方特别多，既惊险又刺激，可我这次感受最深的却是欢乐谷的山水之秀。

来到欢乐谷，刚一下车，清新的空气迎面扑来，悦耳的鸟声在耳边环绕。我闭上眼睛，倾听着山谷里小河的流水声，享受着"天然氧吧"。已经好久没有享受过这种心旷神怡的感觉了。远离了城市的喧嚣，在这美丽而又幽静的景色中拥抱大自然，真有种"曲径通幽处，禅房花木深。山光悦鸟性，潭影空人心"的意境。这里的山具有华山之险，泰山之雄，青城之幽，峨眉之秀。

我们脚踏着水泥钢筋浇铸的栈道，沿山中峡谷逶迤而上。栈道时而腾空而起，直向云天；时而擦悬岩而过、险峻万端；时而似弯曲的长龙，若隐若现，真具有险、奇、特之特色，令人赞叹不已！谷中有多处瀑布，奔流有声，长的八十多米，短的十多米，瀑布从山溪中流过，从石穴中穿越，流水声汇成了一曲悦耳动听的交响乐。这里的水真清啊！清得可以看见谷底的沙石和游动的小鱼。这里的水真绿啊！绿得像一块无瑕的翡翠。这里的水真凉啊！一沾水，就感觉到寒意透骨。重重叠叠的山峦，呈现出一幅美丽动人的画卷，从山脚铺到云端的松树，是一望无边的林海，挺拔的青松，好似身披铠甲守护森林的卫士，柔软的松枝又似一床天然的绿毯，亭亭玉立的柳杉，宛如一个个秀丽俊美的绿衣仙女，排成长长的队列，翩翩起舞，欢迎深山来访的嘉宾；青翠欲滴的箭竹、拐棍竹搭成一座座迎宾的拱门；花开如万千白鸽的珙桐、叶红如染的枫叶，给游客捧来一束束鲜花。这样的山围绕着这样

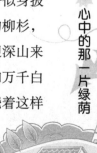

的水，这样的水倒映着这样的山，再加上空中云雾迷蒙，好像走进了连绵不断的画卷，让人有置身于瑶池仙境之感，真是"人在画中游"。

欧阳修的《醉翁亭记》里有一名句："醉翁之意不在酒，在乎山水之间也。"南北朝的谢朓遥望秀丽山水，也写下"不对芳春酒，还忘青山郭"的诗句。我想，如果欧阳修和谢朓能来到这里，一定也会为这大自然的鬼斧神工所陶醉。

把秋天装进瓶子

郭　嘉

最后的一阵秋风吹动着地上那一层火红的枫叶，慢慢吹散它那曾经的热情，吹出它那特有的梦幻……我深知秋天的梦快要散去，我要把梦一般的秋装进瓶子，永不散去。

我捧着瓶子，踏着秋的脚步走入了石亭，昨夜秋雨的身影还没有走远，石亭边那一滴滴清澈的秋雨，留恋地、缓缓地落下，轻轻地坠到大青石上。碎了，溅起一串碎银，又落下了。亭角的雨滴，就这么一滴滴地落下，溅在大青石上，一种清爽湿润的气息滑过我的脸庞，我轻轻地捧起瓶子，那水晶般晶莹的雨滴轻轻落入瓶中，发出清脆的"叮咚"声，水珠顺着瓶子安详地滑了好久好久，那是秋不舍的心情。

我捧着瓶子，寻着秋的脚步来到了一条林荫小道上，红色的、黄色的、褐色的叶子轻轻柔柔地给小道铺上了一层华丽的地毯，红色、黄色的织锦交织其中，一片叶子飞下，跳起浪漫的舞曲，在瑟瑟的秋风下，轻轻地交换着舞步。我漫步走上去，"沙沙、沙沙"，这是秋天的歌声，诉说着秋天那一个个动人的故事。

我捧着瓶子，寻着秋天的脚步来到了桂花树前，那一团团黄色的小花像天空的繁星一样闪耀着秋天独有的光芒，散发着独有的清香，一缕缕清香，那是秋天的气息，我轻轻摘下一朵桂花放入了瓶子。桂花伴着雨水在瓶子里不停地摇晃，幻化成桂花仙子，在秋雨里飘舞。

秋天被我装入瓶子，我还要把心装入瓶子，感受着秋天那柔柔的梦幻……

057

第三部分　心中的那一片绿荫

我爱恋田野

唐　朝

走进大自然，去打开这绿色的课本，你会发现许多美丽的景色。

田野边，挺立着几十棵硕大的青菜，叶片又肥又绿，放眼望去，仿佛一片绿色的海洋。田野的旮旯旁，有一丛丛扁豆，扁豆全身都是绛紫色的，像一弯弯紫色的新月。扁豆花也是紫色的，看上去像只紫色的蝴蝶，简直和扁豆浑然一色！其实并没有人给扁豆浇水、施肥，但它依然长得如此茂盛，它的生命力是多么顽强啊！那些枯萎的扁豆叶，虽然丑陋得不堪入目，却是扁豆与命运抗争留下的痕迹。扁豆旁一株株鸡冠花在风中飒飒地歌唱，远远望去，就像一团团火焰。摸着那一顶顶"鸡冠"，就像摸在绒布上一样，好像这不是天然的花，而是用布做的，真奇妙！

放眼望那广袤的田野，无边无际。田野被沟渠分成一块一块的，裸露着它那黑黝黝的胸膛。翻开一块泥土，就能看见一粒粒麦子镶嵌在上面，麦子已经鼓出了细小的芽儿。啊，稻子刚收割完，这大片田野又在孕育新的生命了！想到这儿，我仿佛看见来年春天，绿油油的麦子在春风中摇曳着，翩翩起舞……纵横交错的水渠灌溉着田野，那"叮叮咚咚"的水流声清脆悦耳，像钢琴家在弹奏乐曲。那潺潺的细流淙淙地流进田野，滋润着麦种。

我沿着小道走向田野的另一边，小道很窄，坑坑洼洼，别有风趣。我真怕几年后这条小道也变成了马路，到处都成为钢筋水泥。现在，高科技在渐渐吞没自然，生活在城市的孩子想找到这么一片世外桃源，可不容易呢！

今天，我所看见的都是我往常不知道的。这些景物，给了我这个只看见过院子里高墙上的四角的天空的孩子一种美的享受！

生命一次，美丽一次

刘葛鑫

　　天空是舞者的国度，落叶喜欢在上面舞蹈，打着旋儿，不时发出"沙沙"的伴奏声。

　　在树下，抬头望，一片片树叶换上了秋的舞裙，仿佛一个个小小精灵。它们点缀着大树，让大树变得颇有生机，显出一种青春和快乐。多美丽啊！

　　也许，落叶不如春日争艳的百花，予人以温馨；也不如夏日里生长的草木，予人以活力。相反，在落叶飞舞的世界中，常常会感到一丝莫名的忧伤，会不经意间发现晶莹的泪滴伴随落叶而曼舞。树和黄叶和谐美丽地生活在一起。它们没有什么特别，只是，它们相互映衬，美丽非凡。

　　在落叶前，我常常自羞自愧，遇到困难时还不如一片落叶坚强。它们在枝头坚持着，越过春、夏，它坚信，在秋到来时，它终究会绚烂一次，它坚信：生命一次，美丽一次！

　　到了深秋，它终于换上黄色的新装，在舞者的国度中微笑。虽然，它知道，最终它还是会落到泥土里去，但，至少它美丽了一次！

　　它的美丽，虽然只有一瞬，这不是给别人看的，它们心里知道，我生命一次，也美丽了一次！

　　风一吹，叶儿只能回到土地里去，它们在美丽后，把生命奉献给了它的母亲——土地与大树。

　　在小道中，踩着落叶，浮想联翩。落叶发出的"沙沙"声，给大地伴奏，如诗如画……

　　它们生命一次，也美丽了一次。

丝雨梧桐

付 璇

我，喜欢雨，尤其是丝样的雨，那么细，像牛毛，似花针，如细丝，悄然间便落到你的脸上，无声无息，凉丝丝的。丝雨在屋顶上密密地斜织着，一片迷蒙。

丝雨中，几株梧桐伫立着。挺拔的枝干，宽厚的叶片，洁白的花瓣，经丝雨滋润，显得更鲜亮了；枝干洗去尘土，叶片绿得耀眼，那一簇一簇的梧桐花的洁白，都融成一片，似乎跳动了起来，给人以赏心悦目的感觉。

丝雨仍斜织着，跳跃在梧桐的叶片上，冲刷着梧桐花。梧桐那手掌似的叶片全都挺立起来。丝雨似乎是台上的演员，梧桐便是最好的观众。当雨丝冲净屋顶的尘埃时，梧桐用手掌为它喝彩，用喇叭似的花为它呐喊；当雨丝织出一层薄雾时，梧桐发出"唰唰"声为它加油，向它表示叹服；当雨丝跳着欢快的舞步时，梧桐摇着众多手掌为它打着节拍，梧桐花吹着喇叭为它伴奏。

丝雨织啊织，将梧桐花织成裙子，给春天穿上；把梧桐枝织成外衣，给树木披上；把梧桐叶织成纱巾，给世界围上，到处都有了梧桐花的清香，梧桐枝的清鲜，梧桐叶的清亮。空气中，梧桐的清香与泥土的芬芳混合，让人神清气爽。

丝雨仍在下，梧桐仍在为它鼓掌、喝彩。它们都用最纯洁的心，让这个世界更美，更有诗意！

春天的美景

邱荣胜

冬去春来，春姑娘悄悄地来了。她把在沉睡中的花草树木一一唤醒。犹如慈爱的母亲将自己正在做着香甜美梦的子女叫醒！

大地苏醒的消息，早让春风传遍了原野。刹那间，泥土已被涂上黄绿色的染料；刹那间，小溪亦开始鸣唱，好似为春姑娘的来临而欢唱，歌颂大自然的美妙；刹那间，花香鸟语弥漫在自然中，春姑娘也为大地绣起朵朵的鲜花。那美丽无比的花儿，亦在风中散发出无限的诱惑，使蜂蝶飞舞其中；远山未融化的冰雪，在阳光的照耀下闪闪发光，犹如白银一般；天上一群排着"人"字的雁鸟，朝北方缓缓飞去；歇脚于此的候鸟，亦大声地鸣叫，增添这春季的热闹及美妙。

春！恰似花样年华的少女，鼓动着飘逸的罗裙一般的风情。

春！恰似贵妇的典雅脱俗，风姿有余！

春！如诗般瑰丽，如梦般甜蜜，如酒般香醇！

春天就是一个个画廊！

看到这如梦如幻的美景，我的脑海里想起了朱熹的《春日》："胜日寻芳泗水滨，无边光景一时新。等闲识得东风面，万紫千红总是春"。

田园里，到处一片生机勃勃的景象，种子开始生长出那如玻璃一样脆弱的小芽，等待着丰收。稻田里春姑娘帮农民们脱下笨重的毛衣，农民伯伯又重新回到稻田里，种着我们一日三餐都少不了的香喷喷的稻米。田园里又恢复像往日一样忙碌的景象。

春姑娘婀婀娜娜地来到校园，用清新的气息温暖我们被冻得红彤彤的脸蛋，用纤细的双手帮我们脱下笨重的棉衣！五颜六色的小鸟儿在空中飞来飞去，好像高兴地说："春天来了，春天来了。"春天给我们校园里的同学们带来了春姑娘的问候。

第三部分 心中的那一片绿荫

　　公园的草坪上，小草悄悄地钻出地面，东瞧瞧，西看看，噢，春天来了。春风吹过，小草对春风点点头，然后跳起舞来。春雨来了，小草痛痛快快地洗了个澡，叶子更绿了。小草长得很快，没多久就把草坪铺满了。绿草中还有星星点点的黄花，多美的绿毯呀！是春姑娘给大地铺上的。

　　我爱这碧绿的春天，我爱这充满生机的春天，我爱这个万紫千红的春天……

大自然和我

麦敏蕾

天气转暖，我们全家决定去神仙谷游玩。

一路上，棵棵小树虽然快速向后奔跑，但是我们还是可以看出它们的变化。小树是被春天描绿了。真的，一丝丝绿叶含着暖暖的阳光。

来到神仙谷的山脚下，抬头一望，神仙谷的山真高，直插云霄，层层烟云飘浮着。我们顺着小路向上攀登，小路的确小，不过巴掌宽，而且悬崖峭壁处处可见，真叫人毛骨悚然！小路上积着厚厚的枯叶、松针，脚踏上去感觉是那么亲切舒服。山上还有许多树，树影下开着各样小花。小草还没有全绿，花儿却争先开了。这些花蕾像肚子里藏满了笑话的小姑娘，它们一开口，春天就会发笑。我们继续攀登。一路上的小蝴蝶在飞来飞去。它们振动着透明的薄翼，时而以舞者的姿态翩飞，时而款款落在绿叶上；它们穿过阳光下的花朵，亲吻着清新的芳泽，有的还热情地为我们带路呢！

063

我们来到一个亭子里休息。微风徐徐吹来，吹在我们温暖的脸庞上，吹在我们湿润的脊背：甜蜜而又惬意。周围美丽的景色连同空气一起进入我的心坎。外面忽然下起毛毛细雨，雨丝缕缕。我走出亭子尽情享受着雨。我觉得大自然在跟着我们呼吸，大地的脉搏与我们的脉搏一起跳跃着，投身大自然，感觉真好。在这儿，抬头看一眼，你一定被蓝天陶醉。黛绿的山树和淡蓝花瓣似的天空恣意地搭配着。它蓝得多么清澈，无边无际；它蓝得多么纯洁，一尘不染。飞鸟不时地掠过，不断地打破天空的宁静。

大自然没有喧哗声，只有自然美妙的乐曲。山中的花香在鸟鸣声中矜持地摇曳，缕缕清香如月色般朦胧。我深深地觉得，大自然中的一草、一木，都那么巧妙；一山、一石，都那么神奇。这里真是一个世外桃源。

鸟 鸣

戴 伦

大自然有许许多多的天籁之音，鸟鸣便是其中的一支生力军。

才四点，哥哥就叫醒我，让我听鸟鸣。我迷迷糊糊地侧耳一听，并没有什么声音。便不以为然地打了个哈欠，几分钟后，一场叽叽喳喳的大合唱开始了！先是几只鸟儿"叽叽、啾啾"地领唱，那声音蜿蜒而来，似一条清澈的小溪哗哗地流淌，清新活泼、简短精练、节奏明快。那可是鸟类中的打击乐队了。没过一会儿，无数的鸟跟着"叽叽、啾啾"地唱了起来。有条不紊、错落有致、配合流畅。瞧，这几只刚刚唱完，那几只又用野狼派唱法"独领风骚"。那如小提琴一样悠扬典雅的，是喜鹊的叫声；那似扬琴一般厚重有力的，是燕子的声音；那像笛子一样洪亮含蓄的，是百灵鸟的叫声……

麻雀是本次歌唱的指挥，它眼珠睁得特别大，像铜铃似的，身上披着一件黑色的风衣，威风凛凛。它蹦来蹦去，抑扬顿挫地指挥着。时而满意地点点头，挥舞着手臂，好像自己是天才指挥家。领唱的百灵鸟高亢激扬，其余的鸟都兴奋地唱着，似飞瀑落入深涧，如惊涛拍岸。百鸟争鸣，呼朋引伴。

太阳已经升起来了，鸟儿们还不愿离去。它们欢快地唱着，那歌声传到小河，小河泛起涟漪；那歌声传到花丛中，蜜蜂采蜜更勤。

我听着鸟鸣，感慨万千：没有这几年的绿化建设，我到哪儿去听这天籁之音呢？

秋

陈 星

盼望着，盼望着，终于盼来了凉爽的秋天。

看，高高的天空那么蓝，蓝得像一块透明的玻璃，好像用秋雨洗刷过。漂浮着的白云像一朵朵绽开的花，让人赏心悦目。蓝天下一群大雁排着"人"字形的队伍，有秩序地向遥远的南方飞去。清凉的风吹过，使人神清气爽。

秋天像一个神奇的魔术师，把我们这个可爱的世界染成五彩缤纷的景色。枫树被染成了俏皮的红色，远远望去，像一朵红云，更像一团燃烧的火焰。柳树则被镀上了金色，那么灿烂，那么惹人喜爱。有些叶子舍不得离开柳树妈妈，随着秋风顽皮地在枝条上荡秋千，像蝴蝶翩翩起舞。更多的黄叶宝宝则迫不及待地扑向大地。落叶越来越多，像铺了一层厚厚的金毯，踩上去那么柔软，那么舒服。

看！串红开放了，它红艳艳的，像一串串鞭炮。菊花也绽开了笑脸，嫩黄色的花蕊，层层叠叠的花瓣，光洁鲜亮，特别引人注目。

果园里硕果累累。圆圆的苹果像小女孩红扑扑的小脸蛋；葡萄架上挂着一串串玛瑙；柿子树上挂着许多小灯笼。

菜园里热闹非凡。绿油油的大葱齐刷刷地挺立着；橘黄色的胡萝卜掀开了土地；胖头娃娃似的大白菜左顾右盼。我想起了一首歌："九月柿子红似火，十月萝卜上秤称……"

田野里，玉米好像穿上了一件件衣服，还吐出了像老爷爷胡子一样的胡须；高粱熟了，红艳艳的，像燃烧的火把。

小朋友们小心翼翼地拾起落在地上的树叶，或夹在书中，或做成可爱的叶贴画，想着法子留下秋天的记忆。

啊！美丽的秋，把收获留给人间，同时也把快乐和祝福留给人间。我爱你，多姿多彩的秋。

田园狂想曲

潘 婷

田园风光如画，天籁之声不绝。

田园的太阳，似乎起得特别早，从不睡懒觉。还早着呢，就见它跃跃欲试了。瞧，大公鸡第一个被惊醒了。"喔——喔——喔——"随着大公鸡的声声啼叫，美好的一天也逐渐拉开崭新的帷幕。"乒乒乓乓"，一会儿，锅碗瓢盆的交响曲开始了，家家屋顶上都飘出袅袅的炊烟，人们打招呼的声音越来越响了。

早饭在彼此热情的问答中、吆喝中解决后，人们开始背上工具到田里去了。一路上东家问一声长，西家道一声短，这才来到自己家的田头。才一会儿，汗水就停在额上休息了。又一会儿，待不住了，滴在了泥水里，滴答、滴答、滴答……一滴滴汗水的滑落，好似一个个勤劳又可爱的精灵，跳进了一个充满了魔法的水池里，奏出美妙又轻快的水上乐曲，又似乎在告诉人们，这是丰收的前奏。

隐隐约约地，我听到了笑声，是那种充满天真的儿童的笑声。我朝着声音的源头走去，原来是几个小娃儿在钓鱼，"咬钩了，我的鱼咬钩了。"一个晒得黑黑的小娃儿说道。只见他奋力一拉，一条肥美的大鱼"嗖"的一声飞出了水面……

时间在一片快乐祥和的天籁声中过得飞快。

夜晚，牛郎织女星下，传来了老人们讲故事的声音，大人们大声谈笑的声音。直到怀里的小娃儿已经忍不住闭上眼睛，人们的欢笑声才渐渐地淡了。这时候，只有青蛙还在"呱呱呱"地欢快地唱着大合唱。

渐渐地，蛙声和夜色已融为了一体……

我家的小院

张长林

我家有一个美丽如画的小院。

春天，大地上的小草刚刚钻出嫩芽，我家小院里的葡萄也不甘落后，那叶包里的嫩芽像个调皮的小娃娃，扒开叶包探出头来，好像在说："呀，春天来了，这里马上就要变成绿色的海洋了！"

春雨一过，草莓开花了：红色的花托，花的边缘是一圈白色的花瓣，往里是凸起的高低不平的黄色花蕊，再往中间，则是嫩黄色平整的花心，只是中间凸出了一点儿。而无花果却像怕羞似的，别出心裁地把自己的花藏在过早钻出的果实里。

夏天，从无花果树冠的叶柄根部探出的"小绿包"有些已经变成暗红色，它们怕羞似的躲在叶子后面，但还是被我发现了。摘下来，剥去皮，里面是黄里透白的果肉，咬一口，甜滋滋的，好吃极了。葡萄肆无忌惮地爬上架儿，垂下串串绿色、紫色的"珍珠"，并撑起手掌大的叶儿，将绿荫洒满小院。这时，走进小院，就像进入一个令人神往的清凉世界。

秋天，落叶飘落在小院里，看上去像个大"叶被"。无花果挺着它那光秃秃的枝杈和几个残留在枝头来不及成熟的果子，在萧瑟的秋风中轻轻摇摆，仿佛在说："冬天就要到了，我要睡觉了，明年春天再见！"葡萄藤也已谢尽了叶片，只剩下互相交错的枝条。只有草莓，还在一片金黄中抖动着没凋谢的绿叶。

冬天，大雪下起来了，这时的小院才好看呢！无花果树变成了"圣诞老人"，葡萄藤则在阳光照耀下，变成了一条条"银白链"。我和妹妹在小院里玩耍，若偶尔碰到植物的枝杈，它们立刻就会"发怒"，"哗"的一声，积雪从头而下，自己也变成雪人了。

我家的小院真是太美了，美得令人陶醉。

窗 外

陈子贤

在我童年的记忆中，生活是暗淡无味的。每天不是练琴就是学习，小小的我就像井底之蛙，对外面的世界很茫然。

一天早晨，我按照往常的习惯放声朗读，无意中听到一声鸣叫，出于好奇，我探了探窗外，一幅优美的画卷吸引了我的眼球：金红色的阳光普照大地，给万物披上新装，带来了勃勃生机；鸟儿栖息在枝头，又蹦又跳，仿佛在炫耀着它那妖娆的舞姿；柳树好像变得更绿，小河也仿佛变得更清了……所有的景色全都尽收眼底。

"外面竟有这样的美景！"我赞叹道。也许是窗外带给了我活力，我津津有味地再一次投入到朗读中去。

中午，我开始练琴，黑乎乎的音符在我眼中一点儿趣味也没有，所拉出的乐曲也枯燥无味。于是我再次来到了窗前。窗外又一次地抓住了我的心：从孩子们充满稚气的笑声中，我感到了一种幸福；从收废品的老爷爷的沉默不语中，我感受到了一种伤感……我被感染了，竟突然来了灵感，拨动着琴弦，在悠扬的琴声中徜徉，此时的音符已不再普通，它化身为一个个小天使，在我的脑海中跳跃……

"窗外竟有这样的场面！"我凝望着天空，是窗外给了我激情，开启了我的智慧与想象！

我想，直观地看世界虽说一览无余，但却没有从窗口看去，那种曲径通幽后的豁然开朗。

窗外，通往的是你心灵的深处。

第四部分

跳动的生命

  在太阳、电灯和烛光中，太阳是最亮的，但即使我们做不成高高在上的太阳，也要努力争取做一缕最亮的烛光。

  最深、最平和、最快乐就是欢天喜地之间的万物与人世间的百态，在细细地品味出纯情的美与和谐。拥有着烛火精神的人们是最快乐的，因为他们无私，所以他们感受到最大的幸福。生命就像一条肆意而流的江河，生命有意义，它便会闪动粼粼微波。

  在灯光下，我又是那么的想再看看那红烛跳动的火焰，更想看到的是一个充满活力的生命。

——杨秀《跳动的生命》

被冷落的书

胡铄今

一个明媚的午后，在散心的归途中，我不由自主地踱到书店门前。每每此时，我总是抵挡不住书的诱惑，走了进去。

我信步走过一个书架，在一排排琳琅满目的书中搜索着猎物。终于，视线停留在了一本书的封套上：说不上奢华，但很新颖，五只手指上套着五个表情各异的木偶套；题目更是有趣——《我不是教你诈》。别出心裁的设计和看起来并不难读的文字，使我狠下心决定在书店里把它读完。

《黄生借书说》中不是有那么一句话吗，"书非借不能读也。"这次我倒想尝尝站着看书而不买的滋味儿。

我倚靠着书架的一侧，以自己认为最舒适的姿势开始阅读。时间一点点过去了，我的双腿已经开始酸痛，但让我感到欣慰的是这本书我已经看了三分之二，我决定放下书等待下一次再来欣赏。

走出书店，正准备回家，忽然有个念头在脑海中闪过："这是一本值得珍藏的书，我应该买下它。"想到这儿，我似乎忘了腿痛，神经质一般冲进书店……

几天过去了，因为学习太忙，那本书一直躺在我的书架上。直到有一天，我无意中又找到了这本书。当我再一次捧起它时，回想起前几天买书的冲动和买回来后冷落的情景，真觉得好笑。这一切又说明什么呢？

人，就是这样，总喜欢盲目而欣喜若狂地去发现，却不善于耐心、冷静地去挖掘。这大概就是一些美好的东西被埋没的原因吧！

标 点

刘蔚欣

烂漫的童年道路上，身边总离不开问号。星空下的夜晚，妈妈在阳台上乘凉。我则好奇地仰望天空，观察着天边一颗颗闪亮的星星。"妈妈，两颗星星的距离有多远，它们近吗？"一个个问号打在我脑海里。妈妈含着笑，和蔼地说："长大了，你去不断探索就会明白了。"我眨巴着小眼睛，盼望着快快长大。——问号，在成长中留下足迹。

快乐的小学生活，迎来了充满希望的逗号。第一天跨进学校的大门，一切显得那么新奇。第一天踏着阳光，在窗明几净的教室里学习、玩耍，我突然发现希望与活力依附在我们这阳光灿烂的儿童身上。我如饥似渴地学习着，在这充满知识的殿堂中茁壮成长。——逗号，在成长中留下足迹。

长大了，我迎来了成熟向上的省略号。在家中，我是父母的骄傲与希望；学校里，活泼欢快的我多了份成熟与安宁。——省略号，在成长的道路上，我多了份深沉……

成长是快乐幸福的，成长中，标点见证了这点点滴滴，一花一草。

童年，小学，长大了……我成长着。

成长的快乐与烦恼

黄才学

人的一生犹如一部自编自导的电视剧，有喜、有忧、有笑、有泪。在这部纪录片里，收藏着自己的点点滴滴，其中最令人难忘的镜头莫过于那段充满无限乐趣的童年时光了。

我是个沉默寡言的农村小男孩，但我渴望真正的友谊。也不知什么原因，我和同学之间就是有一层隔膜。他们对我渐渐变得冷淡，可是我依然热情地对着他们微笑。

可是，我的微笑换来了一瓢瓢迎面泼来的冷水，我的一举一动成了他们的新闻。他们的每一句话像是千万支利箭，把我的心一次又一次穿透，让我泪流满面。但是我没有背叛微笑去反击他们。一切像是一杯白开水，悄悄流进自己心底。我在沉默中学会了克制自己，说服自己，使自己的心胸变得更宽广。因为我相信大雨过后总会出现彩虹。

记得那一次，老师说要挑选人去参加全校国际象棋比赛。我便自告奋勇地向老师报了名。虽然我在班上的棋艺是独一无二了，可是我不满足，我相信强中自有强中手。许多个晚上，我都坚持与电脑下棋，从傍晚一直下到深夜，几个月下来，我积累了丰富的经验。

比赛结束了，我赢了！获得了全校第一名！当烫金的证书发下来时，我哭了，那是幸福的泪水。更让我高兴与快乐的是同学和对手们都向我伸出了友谊的手，他们让我感受到了集体的温暖。

人的一生要扮演很多角色，小孩，少年，青年，老人……那是人生的一步步阶梯。而我才踏上了人生的第一级阶梯。成长中必定有快乐和烦恼，但五彩缤纷的世界还在等着我们去拥抱。

花的启示

葛妍靓

前不久，我们家乔迁新居，王叔叔送给我们家一大盆铁茉莉，我可喜欢这盆铁茉莉了！

一片片鲜亮的叶子就像一双双调皮的眼睛，闪烁着快乐的光芒；更像一个个活泼的音符，演绎着高山流水般和谐洒脱的乐章。尤其那犹如自由舞蹈般的虬枝，委婉含蓄中不乏一派傲然之气。

正是因为有了它，所以客厅里春意盎然，我对它的喜爱也就自然与日俱增。每天一放学，我第一件事情就是去看看它，摸摸它，浇浇水，用小水壶给它的叶子上洒下晶莹的水珠；闲暇时，我还会拿出干净的手绢轻轻拭去它叶子上难得一见的一点点灰尘。每次爸爸看到我这样，总是劝告我"少浇点水"或"有一点灰随它去"，还说什么"否则会害了它"之类的话，我才不相信呢，我这么精心照顾它，它肯定能长得越来越好！但令我惊讶的是，它竟然一天比一天憔悴。叶子由翠绿变成暗淡无光的灰绿，又褪成一脸病容的黄绿，最终以令人绝望的满地枯黄宣告与我的彻底决裂。

073

为什么会这样呢？我问仿佛有"先知先觉"的爸爸，爸爸没有回答，让我先清理花盆，没想到它埋在土里的根竟然大部分都烂掉了！这时爸爸抚摩着我的头意味深长地说："它是涝死的，你过分的呵护与溺爱是害死它的'罪魁祸首'，因为它没了选择的余地和自我调节的空间。野地里的花草，无论多么不好的年景，大都能靠自己顽强的求生欲望挺过来；而温室里的花木，只要温度、湿度有一点不合适，或许就会夭折。人也是一样，所谓'宝剑锋从磨砺出，梅花香自苦寒来'！"

第四部分　跳动的生命

呵，六年级的我们

陈怡娴

呵，六年级，小学毕业班。六年级的我们，拥有太多的精彩。

男生说："咱班女孩真伶俐。"

可不是，每次学校举行美术手工大赛，上场的总是女生。瞧，小巧的剪刀在她们手中敏捷地翻飞，不一会儿，一件件作品诞生了，栩栩如生，让人拍案叫绝！

女生说："咱班的男孩真顽皮。"

不错，当他们不经意地气哭了某个女孩时，他们才不道歉呢！按他们的话说"保留男子汉的气概"。他们顺口说出几句笑话来，谁料女孩"扑哧"一声笑了，他们立刻溜之大吉。倘若你看见班里的一些恶作剧，那准是男生们的"杰作"。

男生说："咱班的女孩真聪慧。"

真的，不管大考小考，女孩子们总稳坐在前列的位置上。尤其是她们擅长作文，她们的美文流水般畅快，乐曲般优美。组织起活动来也是井井有条，男孩子们不得不佩服。

女生说："咱班的男孩真灵活。"

别看他们心细不如女孩，但在电脑科技方面，可是男生们展示才华的舞台。在电脑竞赛场上，当女生还在一筹莫展时，男生已是遥遥领先，令女孩赞叹不已。

男生说："……"

女生说："……"

年少的我们朝气蓬勃，像一首诗，像一支歌，像一个梦，在青春年少的舞台上，有着我们展示不尽的风采！

山在那里

谢晓丹

一名记者采访登山运动员："是什么力量让你去征服一座又一座山的？"登山运动员意味深长地说："因为山在那里。"

山在那里。这是多么朴实而又意蕴深远的回答啊！对我们来说，我们的生活中不也有许多大大小小的"山"摆在那里，让我们去面对吗？

我现在虽然是一名小学生，可爸爸妈妈都是聋哑人，所以家里大大小小的事情都得我去处理。

我的妈妈是一个善良热心的人，她的心很细，每天都会把家里收拾得一尘不染。妈妈有很多优点，很会持家。跟她上市场买菜的时候，非得货比三家不可，需要不停地走，不停地看。一定要买到物美价廉的才罢休。所以妈妈必须跟卖家僵持半天，菜才能买回家。

爸爸是个老实人。他对我很好，很关心我，从小到大从没打过我。他长年在工程队里做临时工，那是让我担心的地方。我在教室里上课的时候，常常会担心他是不是一个劲儿地干活不知道休息；他的工作环境是不是安全；他会不会被派到高高的楼顶上干危险的活儿；月底的时候，他的血汗钱会不会被克扣……一想到这些，我就满腹忧虑。

爸爸妈妈小时候都没有机会上学，所以在生活中会有许多弄不懂的问题，我经常需要一遍一遍地讲解，手把手地教他们。因为生活的压力，身体的缺陷，妈妈有时会不分青红皂白地发脾气，爸爸有时会误解我，但我能理解他们，我不怪他们。

我现在已经十三岁了，我必须承担起生活的重担，我真正的人生之路，将从此开始。每当我遇到困难的时候，我就会对自己说："你是坚强的，你一定会征服摆在你面前的座座高山！"

头悬一弯月亮

冯锦阳

一轮弯弯的、亮亮的月牙儿，挂在蔚蓝的夜空，向大地洒下皎洁的银光，像给大地穿上了一件银色的衣衫。头悬一轮弯月，是我儿时最真切的记忆。

五岁时的我，依偎在妈妈温暖的怀抱，在大院里，仰望天空，欣赏那淡雅的月亮。月亮，像一条弯弯的船儿，在无边的夜空遨游。树叶在月光下闪闪发亮，而花儿用自己美丽的微笑，感谢月亮给了自己娇艳无比的面庞。蟋蟀也在绿草边的舞台上欢快地鸣唱着。

两年后，七岁的我做完作业，坐在阳台的小摇椅上，一边摇，一边仰望高远的夜空。月亮像一把弯弯的镰刀挂在湛蓝的夜空。几颗可爱的小星星调皮地眨着眼睛，陪伴着月儿。小草儿在微风中手拉手，似乎要对它说些什么。楼下草丛里似乎还有小青蛙"呱呱"叫着，迎接它的到来。摇啊摇啊，我真想摇到月儿的身边。

然而，现在的月亮已不是当年的月亮。

你听，"当——当——当"，深夜十一点的钟声敲响了，十岁的我坐在书桌旁，做着那似乎永远也写不完的作业。月光照在书本上、小手上，显得那么苍白。我的手麻木了，只得把笔放下，透过窗户望着夜空：月亮，十分孤独地在天空移动，星星已经隐去了身影，蟋蟀的歌声显得那么忧伤。我低下头，不想再看它了。妈妈催促的话语迫使我只得继续埋头写着作业。

一轮弯弯的、孤独的月亮挂在静静的夜空中。我头顶上曾经悬挂的那轮皎洁的月亮呢？现在这一轮月亮还是曾经的它吗？可它为什么，为什么在夜空中哭泣……

我 喜 欢

陶梦丽

　　我喜欢在春风中走进花园，看着那桃花陆陆续续地开着，像一片粉红色的田野。我喜欢看树上椭圆形的树叶，嫩嫩的树叶透着棕色的树干。我喜欢草坪的绿，绿得那么诱人，几朵小花镶嵌在草坪上。

　　我喜欢夏日的黄昏，我喜欢坐在小河边看美丽的风景。慢慢地，晚霞把整个天空给淹没了。我喜欢像星星闪烁似的萤火虫，在草丛飞来飞去。

　　我喜欢秋天的红叶，红得像一个小女孩穿着红衣裳，戴着红领巾，在风中翩翩起舞。

　　我喜欢冬天的皑皑白雪，把世界装扮得粉妆玉砌。我喜欢那欢乐的笑容，我喜欢在雪中打雪仗、堆雪人。

　　我喜欢看童话故事，一个个栩栩如生的故事，总是让我身临其境，产生走进童话世界的欲望。

077

　　我喜欢梦，喜欢梦里幸福生活的时刻。我梦见康乃馨花瓣洒满湖面，那正是母亲节。最难忘记的是梦见我坐在燕子的背上，看着那美丽的云彩，看着那彩色的蒲公英——哦，它原来不是彩色的，只是蒲公英透过彩虹显示出来的。

　　我喜欢过集体生活，和来自省内外的同学相处。在一间教室里学习，在一起锻炼身体，在一个舞台上表演节目，在一个餐厅就餐，在一个地方玩耍，朝夕相处，亲如一家。

　　我喜欢交友，在朋友不经意间带给她快乐，听她快乐如铃般的笑声……

　　我喜欢生活，而且深深地喜欢乐观的生活态度充满我心中。

第四部分　跳动的生命

无缘假期

姚瑶

当窗外干枯的树叶又一次随着微风轻轻摇曳时，我才发觉假期确确实实到来了。它来得那样自然，那样干脆，又是那样令人感到惆怅与无奈。因为这次期末考试的成绩并不理想，所以我必须日复一日地复习着书桌上一摞摞厚厚的书，我明白我的暑假不在嬉戏玩耍中，不在青山绿水中，而是在这里——书山题海之中。

我很想拥有自由的假期生活：拥有脱俗的情怀，拥有鸟鸣绕耳的快乐，拥有逍遥自在，拥有一切一切与现实生活完全不同的一面。我梦想有一天，我能够日出而作、日落而息，不被任何东西牵连，不因任何东西而忧愁。没有烦恼，没有难过，没有约束，没有成绩不佳的日子，只有我想要的快乐，想要的自由和想要的潇洒。

我知道这是不可能的，因为我背负着太多的期望和信任，我不想辜负所有人，我不愿与这个时代格格不入。所以作为学生的我只能在各种大大小小、厚厚薄薄的书中寻找变味的自我。我需要为我的未来打好基础，努力奋斗，所以我必须这样。

记得台湾作家罗兰写过这样一句话："暑假生活是让人感到生命不仅仅只是奔波劳累的一面。"我感到很诧异，因为我的假期只让我觉得人的一生就要像老黄牛那样埋头苦干。为什么我和她的观点不同呢？或许，以后我会找到答案。快乐的假期生活，快来到我身边吧！

小哑巴不"哑"了

陈文超

　　邻居小伙伴是个哑巴，我那时候跟小哑巴年龄相仿，都六岁，整天瞎玩。我们家屋前屋后都长满了蒲公英，简直没下脚的地方。不过，那却是我玩耍的最好去处。初夏，屋前的枣树上开满了密密麻麻的黄色小花，到处弥漫着浓郁的花香。我和小哑巴钻进林子捉蝴蝶、掏鸟蛋。

　　我觉得小哑巴异常聪明。可是村里大点的孩子都说小哑巴是个傻瓜，连他父母都发愁，生了这么个又哑又傻的儿子。我却佩服小哑巴。

　　一次，我攀上了一棵枣树掏鸟蛋，两只麻雀急得在我身旁的枝丫间叽叽喳喳地上蹿下跳。小哑巴示意我下来。我说为什么？他急得重复比画：那麻雀蛋快孵出小麻雀了。

　　我说你站在树底下怎么知道？他做了个手势：小麻雀的爸爸妈妈在诉苦呢。妈妈怪爸爸，当初叫你别把家安在这儿，你偏不听，现在好了吧，白忙活了。

　　我说你撒谎。我取了树梢上雀巢里的麻雀蛋，含在嘴里，下了树，回家煮熟了，一敲开，蛋壳里的小麻雀已成了形，再过几天恐怕就要破壳了。

　　麻雀蛋没吃成。小哑巴嗯嗯噫噫地比画着手：小麻雀的爸爸妈妈还告诉了邻居，准备往别处筑巢呢。

　　我正想出去玩，小哑巴又朝我比画着手：我家的猪讨食了。我忽然想起爸爸早晨上工时特别关照我别忘了给猪喂食。

　　我端着一锅猪饲料出去，猪正在拱槽，望见我直扇大耳朵，嘴里噜噜地响。小哑巴笑了，他传达猪的埋怨成功了。

　　第二天的一件小事特别有趣。我和小哑巴去捉蝴蝶，眼看我就要捏住一只栖在蒲公英花朵上的花蝴蝶，小哑巴却叽里咕噜一阵吼，我以为出了啥事，那蝴蝶却趁机飞走了。于是，我就怨他。

小哑巴抱歉地比画着，我顿时笑了。原来，那蝴蝶在找对象呢。在小哑巴的指引下，我发现了另一只追逐它的蝴蝶。我觉得大自然存在着众多我未知的奥秘。

我要小哑巴传授给我动物的语言。他摇头，似乎那是不可泄露的天机。我喜欢动物就是从那时候开始的吧。只是我始终没打开那扇通往动物世界的玄妙之门。我一直怀着强烈的好奇心在门外徘徊。

日子一天天过去，我背着书包上小学了。小哑巴跟我同班，奇怪的是，小哑巴突然开始说话了。可是，他身后的那扇门却"咔嚓"一声关闭了——说不清是哪一天，他不再传达动物的语言了。上学途中有一群鸡"哈啦啦"叫，我问他，鸡在说些什么。他茫然地摇摇头。我知道，他已经像断了电源那样，陌生了动物世界的语言，而开始熟练地掌握着人类的语言。我想，是不是我们失去了和动物通话的一次机会，而往日的小哑巴曾是一个使者。

我仍然称他小哑巴。他的父母却感到很欣慰，因为儿子突然"开窍"了。

学着面对失败

贺治瑞

还记得我那晴天霹雳一般的失败。那次失败几乎让我失掉了一半的信心，害我整整难过了两周。

六年级下学期过半后，学校广播突然发布了一条令人振奋的消息：乐山市创新作文比赛将要开始了。对于我来说，当然要去参加比赛。

随即，我们紧张，准确说是疯狂地准备着参赛作文稿。这可难倒我了，前不久，全国作文大赛我已经寄了一篇自我感觉不错的去，如今一紧张，脑子里空空的，什么也没有。怎么办呢？不行，我是谁？我可是全班颇有知名度的小作家呀！绝不能放弃。也不知怎的，也许是信念感动了宙斯吧！很快，我一挥笔就三下两下完成了《星月夜空》和《猫神族》两篇文章，誊好后就信心满怀地交出去了。

几个星期之后，结果出来了。七个参赛者中只有林雅乐进入了决赛。幸好那节课是体育课，我偷偷跑回了教室，把门关上，大哭起来。一哭就是四十分钟，眼睛也花了，头也哭昏了。那节课，我总觉得眼前的东西全是灰色的，没有一点光彩。它们嘲笑着我的眼泪，它们讥讽着我的自信。谁能理解那种常胜将军打了败仗后的痛苦呢！"你连乐山的作文决赛都没进，还有什么资格进全国的作文决赛呢？"我不禁这样问自己。

两个星期内，我没有再提起过作文，几乎难过到了极点。我怕我仅存的那点自信也会随之而去。"不！我不会这么容易被打倒的！"第三个星期里，我从内心里终于喊出这样的话来，"我要站起来！我爱写作！"我要把难过埋进心里，不，让它和我的眼泪一起流走吧。我不怕失败了，我正从失败中走出来，要知道失败一次就是一次成长。无论如何，我绝不会因为一次的失败而放弃作文。

因为，我正在学着面对失败。

一张更比一张精彩

王 涵

似乎只是一眨眼，2010年就过去了；似乎又是很漫长，我迎来又送走的新年已经整整十个了。那么多美好的记忆，我怎么舍得让它们偷偷溜走？于是，我又一次翻开了相册……

瞧，这是我降生世界一百天的纪念照。吮吸着妈妈甘甜的乳汁，我都胖成一个鼓鼓的圆球儿啦。"那时，你整天都笑呵呵的。一笑起来，脸蛋上的肉肉呀，也会跟着跳舞哩！"只要讲起这张照片，妈妈总忍不住孩子似的得意。"是呀！永远保持这灿烂的微笑吧！不管是阳光明媚的日子，还是狂风暴雨的路程上。"我默默地对自己说。

噢，这是我学走路时的照片。那紧张兮兮的样儿真让人忍俊不禁。"那时，你刚会走路，可总不敢丢开妈妈的手自己走。那天，我偷偷放开了手，你放声大哭起来。虽然走得歪歪倒倒，喝醉了似的，可到底学会了走路！"——"是啊！丢开父母的手，才能学会走路。只有靠自己，才能登上一座座成功的高峰。"我默默地对自己说。

嘿，这是我十岁时的照片。看我脸上飞起的那两朵红云，其实是羞红的呀！那天的聚会该我上台讲话了，可我一时间竟忘了词，只好胡编乱凑了几句。当时，我羞得真想打个地洞钻进去。唉，都怪自己，妈妈老早就叫我做好准备，可我总爱打马虎眼儿。这尴尬的一幕，我怎会忘记？——"是啊！凡事都要认真，要实实在在地去做。不然，后果可能就不止羞红脸这么简单了！"我默默地对自己说。

品味着一张张照片，我的心里有感恩，有快乐，更有思考。2011年，我又将在相册里留下怎样的照片呢？我相信，一定是一张更比一张精彩！

永远的蝴蝶

赖文丽

> 如果一个素不相识的人永远地离我们而去了，也许我们只会感觉到惋惜；如果是与我们朝夕相处的人突然有一天永远地消失了，那就不仅仅是惋惜，而是彻骨的心痛。
>
> ——题记

在一个烟雨迷蒙的夜晚，发生了一场车祸，就是因为这场车祸，一个生命就永远地消失在烟雨中了。

那是在6月9日的晚上，乌云铺满了天空，雨淅淅沥沥地下着。小飞刚学完跆拳道，走在回家的路上，谁知就在他过马路的时候，一辆飞驰而来的汽车撞上了他。他被撞飞了，如同一只蝴蝶，轻轻地飘了起来，在空中飞舞。可是，一只折了翅膀的蝴蝶又能飞多远呢，不一会儿，他在两米外落了下来，停在了路中央。一辆蓝色的面的从他身上辗了过去，这次他没有飞起来，永远地停在了他家门前的那条马路上，停在了美丽的凤凰木下。

当老师告诉我们这个噩耗时，全班同学都惊呆了。在那一刻，我们才真正地意识到生命是何其脆弱，生命又是何其宝贵。我们静静地趴在桌上，教室里安静得能听见天籁的声音，我们仿佛又听见了小飞快乐的笑声。同学们的心情宛如暴雨欲来时的空气，一直很沉重。一张张原本灿烂的脸上挂满了伤心的泪水。此时此刻，谁又能笑得出来呢？小飞走了，和我们同窗四年的朋友，他走了，曾经和我们一起朗读课文的朋友，他读的"铁罐"曾让我们笑破了肚皮；他走了，曾经和我们一起玩丢沙包的朋友，他高超的技术曾让我们女生羡慕不已；他走了，曾经和我们一起学过、玩过、闹过、笑过、哭过的朋友，他还没来得及绽放青春美丽的花朵，就过早地凋零了。

窗外雷电交加，瓢泼般的大雨倾泻而下。小飞，是你吗？是你舍不得这个美丽的世界，留下的最后的呐喊吗？小飞，你放心地走吧。我们不会忘记，一只美丽的蝴蝶曾经来过这个世界。

第四部分 跳动的生命

由试卷想到的……

林艺芬

　　试卷发下来了，同学们迫不及待地提起笔。望着这张空白试卷，我若有所思——

　　人生多像这一张空白试卷啊！面对不可预测的环境，人们面对的其实就是一道道检测自己的试题，等待着我们用智慧去填写，等待着我们用巧手去描绘。

　　人生的试卷中有填空题，如何填写它呢？倘若你会弹琴，它可以陶冶你的情趣；如果你会绘画，它可以提高你的鉴赏能力；假若你会唱歌，它可以让你我心旷神怡。你也可以选择读书，它能增长你的见识，开拓你的视野，让你富有才干。当然，你也可以用吃喝玩乐填写它，那你的一生将注定是平庸而无味的。

　　人生的试卷中也有选择题，当你徘徊在人生的十字路口，你该如何选择呢？譬如，好友犯了错误，是替他隐瞒，还是向老师揭发？选择后者，或许他会恨你，你也会暂时失去友谊，但你毕竟拯救了他，避免使他坠入下一个错误里。何去何从，显示了每个人不同的品格。

　　人生的试卷中一样有辨别题、分析题……都要你一一去解答。在人生路之尽头，你留下了什么？是圆满的句号，还是未尽的省略号；是精彩的感叹号，还是迷茫的问号？人生之路的尽头，你递交了一份怎样的答卷，满意的，糟糕的，缺憾的，这最终都将取决于你自己。

　　年少的我们，人生之路漫长而曲折，期待着你提起人生之笔，为它涂上缤纷色彩，描绘自己美丽而完整的人生！

再见了，野蛮女孩

李心仪

年幼时期的我是一个既调皮又野蛮的小女孩。好在童言无忌，爸爸妈妈并没计较，只是让我养成淑女风范成了妈妈当时最大的愿望。

一次，我又不自觉地出现了野蛮行为。那天早上，我和爸爸一起去幼儿园食堂吃早点，爸爸买了四个香喷喷的包子。包子好像一个个白白胖胖的娃娃，噘着肥嘟嘟的小嘴争先恐后地喊："先吃我吧，主人。""还是先吃我，你看我表面柔而白，肉汁鲜美，保证让你意犹未尽。"看着一个个包子娃娃，我眼馋心馋嘴馋，三下五除二就把三个包子搞定了。我心满意足地摸摸鼓鼓的小肚子，擦擦油腻的嘴，在椅子上休息起来。

当我回过神来，桌上已是空空如也，而老爸正狼吞虎咽地猛啃一个包子，看起来爸爸是饥肠辘辘。我可不管，大声嚷嚷："这个包子是我要吃的！"话还没说完便大哭起来，刹那间，鼻涕眼泪满脸满手，哭声更是惊天动地。老爸尴尬万分，连忙起身又去买了几个包子。"不要不要，我要刚才那个！我要你肚子里的那个！把你肚子剖开！"我边哭边用手擦脸，简直成了一只小灰兔。老爸看着我哭笑不得，无可奈何。最后还是在班主任老师的安抚下，我才渐渐平静了下来。

瞧！幼年时期的我够野蛮吧！竟然为了一个包子要剖爸爸的肚子。

那时的我"胡作非为"，胆大包天。如今乖巧文静的我还挺羡慕那个"抢"包子的女孩，毕竟，随着年龄的增长，我再也不能率性而为了。只能悄悄对自己说：再见了，野蛮女孩，让你永远留在我的记忆里吧！

085

第四部分　跳动的生命

种 子

许钊颖

这是一颗神奇的种子。三年前，爸爸把它种在了我的心灵花园。一千多个日夜过去了，我再也数不清，它盛放的花儿有多少，带来的快乐有多少……

我清晰地记得那天的每一幕情景：放学了，爸爸妈妈接我回家。在福乐佳超市门前，我看到了一辆奇怪的车——"献血车"。"什么是献血？血管的血怎么能献出来？献出来的血有什么用？"我把这些小问号都甩给了爸爸。爸爸耐心地向我解释："人们受伤或者做手术的时候，血会从伤口流出来。如果不及时补充血液，就会有生命危险。如果把健康的血液保存在血库里，等到有人急需时，就能立刻给他输血。你看看那车身上写着什么呀？""鲜血一袋，救人一命。"我一字一顿，似懂非懂地念着。

"走，小颖，我们也去表表心意！"爸爸把手中的东西塞给妈妈，拉着我就上了献血车。车上的白大褂阿姨热情地招呼着我们坐下，又向爸爸询问了好多问题。我听不大懂，愣愣地看着爸爸，觉得他是那么严肃，郑重。

爸爸脱去外套，卷起衣袖，露出了胳膊。一根粗粗的寒针扎进了他的血管。哎呀，扎得那么深，疼吗？我的心一下子揪了起来。爸爸的血缓缓地流进了一个塑料袋。袋子里的血越升越高，爸爸的脸却似乎越来越苍白。"啊，我爸爸会死吗？"我害怕极了，眼泪像打开了闸门，直往外冲。"傻丫头，爸爸没事的。"爸爸柔声安慰我，用另一只手为我擦去眼泪。血袋终于满了，爸爸胳膊上的针头也终于拔了出来。阿姨发给爸爸一本鲜红的"无偿献血证"，爸爸像个孩子似的笑了，好神气，好骄傲。

三年过去了，记忆中爸爸的笑容依然那么清晰。随着年龄的增长，我渐渐明白了：奉献的种子，是天下最神奇的种子。它能绽放出世界上最美的花儿。如果你能不断地播种，你的心灵花园就将永远是春天。

跳动的生命

杨 秀

在书桌上一个极不起眼的角落有着半截小小的红烛。它既没有华丽的外表，也没有婀娜多姿的身躯，但是它有那些只有外表没有内心的人所没有的一股精神，一种气质，一种思想。

我将小小的蜡烛点燃。看那——微弱的火光忽闪忽闪摇曳个不停；看那——柔弱的生命在一刻一刻慢慢地消失。我一下子将它吹灭，因为我实在不忍心看到一个生命在毫无意义之下消失掉。

就在这一天的夜里，刚吃过晚饭忽然间停电了。我想起了白天燃过的那半截红烛，经过百般摸索之后，我不禁有感而发。哎，只可惜，多好的一个生命又要消失了。但我从那不停的欢跳中，并没有看到那种面临死亡的一丝丝惆怅、一丝丝恐惧，它只有真心的快乐，不是狂喜，更不是痛苦。就像微风拂过面颊，就像细水长流般清秀，就像碧海无波般温柔。我看见了，看见红烛在争取一分一秒的时间来维持自己的生命，为人们照明。

快了，快了，它的生命之路即将走向尽头，迎接它的只有死亡，但是一路下来，它却走得那样的轻快，那样的开心。就在最后的那一刻传来"啪"的一声时，电灯亮了。它没有一丝的遗憾，只有一心的快乐，因为它为人们的光明走到了最后的一刻。

漫漫人生路真算得上是一场悲喜交加的戏了，若是无悲无喜也说不上精彩。小小的红烛，一生竟是那么的精彩，因为它会珍惜，会争取，会努力，会拼搏，会为人类的光明而珍惜自己的时间，会努力地与时间拼搏。

它走了，没有留下一丝痕迹。在太阳、电灯和烛光中，太阳是最亮的，但即使我们做不成高高在上的太阳，也要努力争取做一缕最亮的烛光。

最深、最平和、最快乐就是欢天喜地之间的万物与人世间的百态，在细细地品味出纯情的美与和谐。拥有着烛火精神的人们是最快乐的，因为他们无私，所以他们感受到最大的幸福。生命就像一条肆意而流的江河，生命有意义，它便会闪动粼粼微波。

在灯光下，我是那么的想再看看那红烛跳动的火焰，更想看到的是一个充满活力的生命。

让诱惑飞走

—— 《纳尼亚传奇3》观后感

尹 杭

《纳尼亚传奇》系列电影的第一部和第二部我都看过，今天看了第三部。

如果说第一部是序曲，是对整个故事的人物和情节的初步交代；第二部就是大型战斗场面的集锦，很是精彩。其中，至今难忘的就是草原大决战中参战的树精和水精——树精会用它们灵活的根部消灭敌人，在草原上扬起阵阵尘土，水精是由浪花组成的一个人形，咆哮狂舞，摧枯拉朽，看上去十分震撼；而第三部哲理性特别强，引发了我深深的思考。

第三部讲的是凯斯宾国王、露茜、埃德蒙以及他们的表弟尤斯塔斯起航探索纳尼亚东部海域的故事。有一天，墙上的一幅有帆船的油画忽然将露茜、埃德蒙和尤斯塔斯拉进了画中，他们在船上遇到了凯斯宾国王，他正出航寻找被叔叔驱逐的骑士们。一路上他们经过了各种神奇的岛屿，如孤独岛、声音岛、黑暗岛等等，历尽种种艰险。最终解除了魔法，唤醒了三位沉睡着的爵爷，救出了被困的老百姓。

探险的过程其实是一个克服诱惑的过程。邪恶的势力其实是想用诱惑摧毁这些英雄的心智，而不是用武力。

凯斯宾国王面对的诱惑是他总是回忆过去——他的父王被篡位的叔叔残忍地杀害，为此他非常痛苦，父亲的影像总是在他眼前浮现。他需要的是忘却过去，不再往后看，而是向前看。

露茜的诱惑来自于对自己的不自信和对姐姐美貌的羡慕，她一心想拥有美艳而又优雅的姐姐的容貌，而不是自己的那副"小屁孩"的幼稚样子。可最后，她意识到了，要做真实的自己，哪怕不那么完美。

第四部分 跳动的生命

　　埃德蒙的诱惑来源于对权力的向往和追逐，他不想一辈子做"天下老二"。而让尤斯塔斯掉入陷阱的是对财富的贪婪。

　　影片中有两个亮点。第一个亮点是黄金水潭，无论什么东西，只要进入水潭就会变成金的，包括人。这让我想起了希腊神话中金手指的故事。弥达斯国王请求神给了他金手指，只要手指触摸的地方都会变成金的。从此，他再也不能摸任何东西——不能再用手拿东西吃，因为食物都会变成金的；连拥抱女儿都不能……可悲的是，当他一时高兴忘了这一条的时候，女儿变成了金雕像。

　　另外一个亮点是尤斯塔斯的转变。他在电影里面本来是一个不讨好的角色，贪婪、自私、惹人厌，可是当他由于对财富的贪婪而变成了会吐火的火龙后，他像凤凰涅槃一样地变身了——他一鸣惊人，奋力地拉着因没风而无法行驶的龙船前行，英勇地同可怕而庞大的海蛇决斗，他终于变成了一个诚实勇敢的孩子。

　　人总是要面对种种诱惑。在希腊神话里面，也有类似《纳尼亚传奇3》的远航探险故事，神话里的英雄要面对的诱惑更多：美女、美食、舒适生活、海妖塞壬的美妙歌声……可他们最终还是摆脱了诱惑，抵达了探险的终点。这些故事其实都是现实生活的折射。

　　让诱惑飞走吧！因为更远大的目标在召唤着我们……

"偷"饼的小男孩

罗　晶

　　今天的天气真好，到处充满了灿烂柔和的阳光。我一大早就提着篮子到市场煎饼店买早点，清晨的阳光让我显得格外精神。

　　来到摊边，我发现有很多人在挤着买早点。排了几分钟的队，我终于买到了馒头和煎饭包。就在我手忙脚乱的时候，我无意间发现一个小男孩拿起两个煎饼没有给钱就走了。我心里想：好大的胆，小小年纪就学坏，千万不能纵容他。于是我大声朝他喊："站住！"小男孩莫名其妙地停了下来，脸上顿时充满了羞涩和紧张的表情。"做贼心虚了吧？"我想。"大姐姐，你有事吗？"他艰难地从牙缝里挤出几个字。我不能直截了当地说出事情真相，这样会伤他的自尊心，也不会收到好效果。我不紧不慢地说："你知道煎饼多少钱一个吗？"他用肯定的语气答道："一元三角。"我心里一震，原来是个惯偷，看来他是调查了情况后"作案"的，想得挺周到的。我一步一步逼近答案："你拿煎饼，给钱了吗？""没……没有。""那你不是偷吗？"我的表情立刻严肃起来。小男孩刚想说什么，我就着实地教训了他一顿。这时，煎饼店的老板喊道："明明，你怎么还不带煎饼去给外婆吃？""啊？"惊讶与尴尬让我张大了嘴，我的脸顿时红到了脖子根。我像犯了什么大错误等待大人训斥一样，呆呆地站在那里。愣了半天，没想到小男孩没有半句责备的话，却说："大姐姐，怪我事先没交代清楚，让你误会了，真对不起。"听了他的话，我的喉咙像噎着什么东西似的，一个字也说不出口。

　　他急匆匆地跑了，他要带着热腾腾的煎饼给外婆吃呢。望着他远去的背影，我心中油然而生出一种感慨，一种感动。

　　今天的阳光更灿烂了，更明媚了……

灯 下

徐 欣

"今晚把英语课时作业往后写两页，把数学补充习题做十条，把语文试卷完成一张……"老师的命令像一座大山压得我喘不过气来，又像复读机一样在我耳边一遍又一遍地回响着。繁重的作业、沉重的压力，让我觉得这明亮的灯光黯然失色。我在这偌大的书房里迷失了方向，灰暗的灯光把我死死地笼罩了起来，锁进了一个魔窟！唉，我的黑眼圈什么时候才能消失，这些讨厌的作业什么时候才能结束？台灯把我的身影孤独地映在书房的墙壁上，我无助地呆望着……

突然，一个黑乎乎的影子闯了进来，是只飞蛾。它不断地朝灯泡扑去，拼命地张开双翅，似乎在贪婪地追逐着光和热。它刚碰到灯泡，又被重重地撞了回来；它又扑去，又撞回来……这只飞蛾真是"自取灭亡"啊，明明是死路一条，还固执地扑向灯火。它总是扰乱着我的视线，我被它弄烦了，便一伸手抓住了它。我略用力，想弄死它，但我分明感到，它的双翅在战栗。不，是在极力挣扎！它不甘心就这样死去！一股生命的力量在我手中跳动着，那样强烈，那样鲜明！这样一只渺小的飞蛾，在我看来，它的生命可有可无；可是它，并不看轻自己。它那强烈的求生欲望，令我震撼，我不禁松开了手。我以为它会逃走，谁知它又径直扑向灯泡……

一只小小的飞蛾，竟这样目标专一，百折不挠，竟懂得追求光明，追求生存！而我呢，却因一点点作业而要放弃！这难道不是一种讽刺吗？我要让生机在我体内蓬勃！顿时，一股力量喷薄而出，我翻开本子奋笔疾书。明亮的灯光映着我通红发亮的脸蛋，它散发出的神奇光彩为我和飞蛾镀上了一层金色的花边……

感谢对手

陈傲康

"哈哈,我赢了!"咦?这是哪传来的声音?哦,原来是黄山学校的象棋比赛,有一位小朋友赢了对手后的欢呼。

其实赢棋的这个人就是我,我开始骄傲起来,于是我轻蔑地走向了下一个对手。只见他浓眉大眼,胖胖的身材,我一看心里暗暗地想:"又是一个臭棋篓子,没办法,今天的运气就是好。"一开局我就当头一炮,他跳马,不错!我跟着来了一步拱兵,他上象,我一看,上象是为防御还是攻击?我心想干脆来一个冲马,我的马三两下就跳到了他的领土内开始捣乱。看他皱紧了眉头,嘴上叽里咕噜,不知道在说什么。他看了我一眼,嘴角挂着一丝冷笑,"炮杀",只见他拿起炮大声地说了一句。不好,看来他是玩儿真的了,我英勇的小马被他吃掉了!我决定不再跟他拖延时间了,我一会儿腾挪解杀,一会儿又打迂回,可是对他好像都没什么影响。

一转眼就快到了结局,哈哈,终于到了结局了,我在比赛的前几个月,钻研苦读了三本关于象棋结局的棋书,现在我的子数和他的子数不分上下。我来了一招"猛虎下山",只见他用二马瓦解了我的战术。看来这人技术不低。我使出了"轮番上阵",又被挡了回来,他报着胜利的微笑说:"来呀,还有什么招数,尽管使出来!"怒!竟敢这样说我,看我要你好看!可是,一不留神我的车被吃了,接下来炮也惨遭毒手,现在是光头将军了。

我输了,这局我低估了对手。我这次比赛三赢一输,感谢对手让我知道,骄傲轻敌是一个可怕的魔鬼。

093

灰 姑 娘

王　琳

　　对于幸福的理解，每个人都是不同的。有的人认为有钱就是幸福，有的人认为有好吃的好穿的就是幸福，而对于我来说，这世界上真正的幸福就是能拥有一个完完整整的家。

　　我为大家讲述这样一个故事。有一个上幼儿园的小姑娘，那一年她7岁，对什么事还似懂非懂。那时她很好玩，整天在院子里跑来跑去，快乐得像一只小鸟。她的爸爸有病，天天躺在床上，但她并不在乎。

　　有一天，幼儿园老师默写生字，这个小姑娘得了100分，她很高兴，蹦蹦跳跳地跑回家拿给爸爸妈妈看。她爸爸久久地拿着那张默写生字的纸，脸上浮现出慈祥的微笑，他把小姑娘叫到床前，摸摸她的头，摸摸她的手，眼睛久久地凝视着她。这时候，有小朋友来找她玩，她从爸爸手里抽出手，就跑出去玩了……就在这天夜里，她的爸爸去世了。

　　她的爸爸去世以后，她和妈妈就无家可归了。后来，她妈妈便去城里打工了，把她放在姥姥家寄养了六年。在这六年里，她妈妈拼命地干活，可还是维持不了生活。后来，妈妈一个人实在撑不下去了，为她找了一个爸爸。因为没有血缘关系吧，爸爸和奶奶一点都不疼爱她，她就好像"灰姑娘"一样，穿别人穿过的旧衣服，吃简单的食物。每到学校收学费的时候，她几乎总是最后一个交上来。现在，她名义上有个家，可是这个家让她感受不到温暖……

　　你知道吗？这个小姑娘就是我！

　　所以我说，拥有一个完整的家才是真正的幸福啊！同学们，你们千万不要动不动就跟父母耍小脾气，你们要珍惜自己目前拥有的。对我来说，有"爸爸妈妈"，就是我这个灰姑娘最大的幸福！

失败的隔壁

郎 天

莎士比亚曾经说过："千万人的失败，在于做事不彻底，往往做到离成功只差一步，便终止不做了。"此乃真理也。

今天，我看了一幅漫画。画面很简单，上面画着三口没有打到水的井。其中打得最深的一口井离水面只相隔一丁点儿的距离，井中的挖井人只要用镐头镐一下，或是用铁锹铲一下，就会找到水源，打成一口井。但是他没有那样做，可能是他太累了，也可能是因为前两口井都没有挖好而丧失了信心，他对上面用绳子拉着他的人说："下面没水，我要上去！"——他终究没有挖到水。多么可笑的一幅画，多么令人惋惜的一件事，也是多么令人后悔的一件事！但是，生活有时就是这样，就是这么无情。失败与成功有时仅一墙之隔，你却放弃了。

记得儿时的我总喜欢和伙伴们一起玩各种各样的游戏。而最喜欢的，就是在夏天烈日当空的中午，等爸爸妈妈午睡的时候，悄悄地溜出来，三五成群地聚到一起，在太阳光的照射下，光着小脚丫跑到沙堆前，挖山洞，埋东西。等第二天，再把它挖出来。

一天，我们几个小伙伴一起商量要把自己最喜欢的小东西埋进去，不能让别人找到。那时，我正不知道从哪里得来一个小木盒子，小巧玲珑，装饰得十分精致，我对它爱不释手。这天，我拿着盒子来到沙堆前，为了不让别人找到我的宝贝，我费了很大力气，挖了一个比往常大得多的洞，把我的宝贝盒子埋了进去。可是，不幸的事情发生了。第二天，我来挖盒子，老半天，也不见盒子的踪影。我急了，飞快地向家中奔去，向父母大哭了一场。

爸爸不相信，带我来到沙堆旁，我清楚地看到他将自己那苍劲有力的大

手伸进去，仅仅只往外抓了两把沙子就摸到了盒子。爸爸把盒子郑重地交给我，并且语重心长地对我说："有时候成功离我们并不遥远，或许只差一小步，因此，有把握的事情绝不能放弃，这样才能成功。"

有时，成功就住在失败的隔壁。

针尖大的小点儿

许 佳

教室里

从老师宣布下午打预防针起，就有人开始唉声叹气。没想到，这害怕还能传染，不久，全班就集体发病了。有人把脱下来的厚外套又重新套上了，好像这是最新发明的"防针服"；有人紧紧地护着自己的胳膊，叽里咕噜地自言自语……我虽然没吭气，但心里的小鼓儿还是咚咚地敲个不停。

在路上

"躲得过初一，躲不过十五"，不管你怎么躲，怎么怕，针还是要打的。在通向"地狱"的路上，整个队伍乱哄哄的，平常那些冲锋陷阵的男生，个个都变成了谦谦有礼的君子，不停地说："女士优先，女士优先！"

"地狱"里

我眼睛平时不大好使，可今天，却格外锐利。刚进"地狱"，它就瞅到了那些闪着寒光的针头。我不禁打了个寒噤，身上的鸡皮疙瘩也不知道从哪里得到了命令，紧急集合，全军出动。

终于轮到我了。那沾着消毒水的高贵棉签降临到我的胳膊时，我把头转向另一边，闭上眼睛。听天由命吧！突然，耳旁传来了天使的声音："好了，打完了。下一个！"什么？打完了？真的？我积攒了半天的勇气还没拿出来用，怎么转眼间就全部过期作废了？我哑然失笑。

反思中

想一想，生活中有很多事情也像这样：如果你非常害怕，事情就会在你的恐惧中被放大一千倍，一万倍；可如果你真正面对它了，这就变成了一个微不足道的针尖大的小点儿了。其实，只要你有足够的勇气，很多的事情就只是针尖大的小点儿。

第四部分　跳动的生命

走过去，前面是晴空

胡迎春

今年期末考试结束后，我轻松极了，因为我觉得自己考得很好。回到家，当妈妈问我考得怎么样时，我还自信地保证："肯定没问题。"

那天晚上，我看着墙上那一溜"三好学生"奖状，美滋滋地想："哈哈，这儿又该多一张奖状了！妈妈这回又该带我去肯德基美美地吃一顿了！"

我等啊等，终于，等到了拿成绩单的那一天。可我万万没想到的是，数学考试居然大失水准，考了个刺眼的"合格"！我的"三好学生"奖状也飞走了！回到家，我再也忍不住了，我愧悔，我内疚，我也痛恨。我趴在床上大哭起来，我恨自己的不争气。

098

晚上，夜是那么宁静，我的心却像海上的波涛一样起伏不定，我的心好痛好痛，无奈中，我提起笔给老师写了一封信，我把自己的苦恼都告诉了老师。

老师真好，她像妈妈一样，安慰我，鼓励我。至今，我的脑海里还一直回响着老师说的那些话："看到鸟儿迁徙了吗？它们要远渡重洋，要飞跃千山万水，必须一起一伏地飞翔，只有起起伏伏，才能使它们到达目的地。老师相信，你一定能站起来。要坚信，走过去，前面是晴空！"

顿时，我豁然开朗，原来，老师是在告诉我：要做自己的鼓手，因为敢于拼搏的人，才可能是自己的主人。

谢谢你，老师！走过去，前面是晴空，我一定会记住的！

第五部分

假如爱有颜色

你想到了吗？是你把自己封闭在孤独的空间，是你让盛开的百合囚禁在无人的峡谷，是你让最灿烂的阳光隐藏在云后，是你把最美丽的笑容羞涩于风景之外。为什么不主动地走出来，把你的开心分成两倍开心，把你的痛苦减少成二分之一的痛苦？

什么人才拥有幸福？

我的答案是：爱着我们自己，爱着我们的亲人，爱着我们的家园，爱着我们的社会，用一颗真诚的心，换别人美丽的笑容，把一切可爱的记忆传播，传播到世界每一个角落。

——卢雷《什么人才拥有幸福》

爱——让我感动

陈 思

《于是，天使来到我身边》这读起来有点拗口的名字，相信大家都会觉得内容一定枯燥乏味，其实我在还没有读这本书之前也有同感，但出于好奇，我还是打开了这本书的第一页。就在这时，我看到了爱的真谛。原来这是一本由爱和泪水凝成的书，我想，凡是看过这本书的人都会情不自禁地为里面的人物和情节所感动。

本书的主人公是一只玩具小熊，它的小主人是一个名叫彩子的小姑娘。彩子的母亲在一次地震中去世了，她的父亲因要养家糊口过度疲劳，也告别了人世。离别前他只留给可怜的彩子一只玩具小熊，而自己还有一个最大的愿望没有实现——带彩子环游世界。失去双亲悲痛万分的彩子决心要帮爸爸实现这个愿望，可是贫穷的她该如何去完成爸爸的遗愿呢？手中的小熊给了她勇气和信心——让小熊替代自己。于是，便出现了这样的一幕：每天，彩子站在马路边等待外国来宾的经过，希望有好心人带小熊去环游世界，一个一个地传下去，最后还给她……读到这里，我的眼眶湿润了，泪水像泉水一样涌了出来，我知道此时的彩子心里一定有一万个不舍得，可是为了父亲，她不得不……我吸了吸鼻子，重新把视线投回书上。

接下去的故事让人稍感欣慰——第一个接纳小熊的是一个德国男孩，当他得知彩子的不幸和心愿时，他毫不犹豫地接过了小熊，并向彩子许诺，一定替她完成这一心愿，这不正是爱的体现吗？于是，小熊开始了它的环球之旅，它和彩子的故事也一传十，十传百地传遍了世界。它得到了所有好心人的同情与帮助，小熊的身上挂满了人们送给它和彩子的礼物；无数的信上都签着"爸爸"或"妈妈"的名字……这些对一个刚失去最亲的爸爸的彩子来说，是多么温暖、多么感动啊！我的眼泪也不由地随着情节的深入而一次又一次地滑落……

不到三天，我就看完了这本书，要不是为了上学，我可以一口气把它看完。当我合上最后一页时，仿佛自己从一个充满爱和感动的世界里走出来一样。望着窗外，我思索了好久：世界上不是有许多可怜的孩子像彩子一样，因为失去父母而成为孤儿吗？他们一定会和彩子一样，有自己的愿望，但是能否像彩子一样愿望得以实现呢？真不敢想象没有亲人在身边的情景，更不愿去想失去父母将会怎样。我好佩服彩子，佩服她的勇气，佩服她的坚强，更佩服她爱父亲的那份情！其实，换个角度来看，彩子还是幸运的，因为她有许多"爸爸""妈妈"——来自世界各地的爸爸、妈妈。

　　爱，这个神圣而纯洁的字，感动了天下所有的人，她是抵抗邪恶的最佳武器，也是当心灵受到创伤时最有效的良药。我想：应该把这本书传给更多的人看，让更多的人去一个接一个地走进爱的世界里，去感受人间最美好的时刻。

第五部分　假如爱有颜色

不一样的美丽

吴易杰

想必，大家一定都读过杨红樱阿姨的"淘气包马小跳系列"吧，主人公马小跳的妈妈，温柔美丽、气质高雅、富有情调，浑身上下洋溢着优雅浪漫的气息。杨红樱阿姨几乎塑造了每一个孩子心目中最完美的母亲的形象。

我心目中的妈妈也应该是这样的，偏偏不巧，我的妈妈长得不好看不说，脾气也坏得不行。比方说，在商场买东西讨价还价的时候吧，她的大嗓门足以让"方圆几百里"之内的人震聋耳朵。而且，我的妈妈一点儿情调也没有，甚至连任何一朵娇艳欲滴的花朵，都不如一捆廉价的大葱令她兴奋。

一天中午，我放学回家，打开门，妈妈正在厨房做饭。妈妈灵活地翻动着炒勺，时不时地加些佐料，真没想到，平时看上去反应有些迟钝的妈妈此刻居然这样敏捷。妈妈一边做饭一边哼着一支老歌，她的声音略带着一丝沙哑，甚至还有一点儿跑调。但不知为什么，看着这情景，我竟心酸得有些想掉眼泪。倒是妈妈看见了我，"你回来了，快洗手，中饭有你喜欢吃的哦！"说着，妈妈活泼地跳了一下，只是略显肥胖的身躯令她这个动作显得有些笨拙，有些滑稽。而我没像往日一样哈哈大笑，竟傻愣愣地站在那儿，半天也没回过神儿来，妈妈什么时候变得这样可爱？我怎么一直都没发现呢？

在以后的日子里，我开始尝试着去观察妈妈的生活。原来，妈妈一直都是这样活泼的，只是长期忙于家务才会变得这样泼辣。想想每天都被琐碎的家务活围得团团转，心情怎么会好呢？恍惚中，我仿佛看到妈妈忙碌的身影，白发似一根根银丝，从空中缓缓落下，落在妈妈疲倦的身体上，然后，又悄然无声地、慢慢地落到整洁的沙发上，静静地躺在干净的地上……

成长路上，她牵着我的手

张雪曼

"哇"的一声啼哭，打破了夜的宁静。月亮笑了，笑得那么深沉，那么美丽；星星也笑了，笑得那么欢快，那么调皮。

在产房里，出生只两天的我睁大了好奇的眼睛，打量着这个全是白茫茫的世界，小手不停地挥动着，说着只有自己才听得懂的语言。妈妈笑了，她悄悄地握住我那白胖的小手，放在她那宽大而温暖的掌心中。那时候，妈妈的手是世界上最温暖的手。

当我蹒跚学步时，妈妈牵着我那双小手一步一步地往前走。每当我走累时，妈妈就牵着我的手带我去买吃的，然后再教我走路。一次又一次，妈妈都会哄着我说："宝贝乖，再往前走一步你就胜利了。"那时候"胜利"这个词对我来说是如此的遥远。但是我知道，只要妈妈牵着我的手一步一步地往前走，就是胜利。那时候，妈妈的手是世界上最让人向往的手。

记得有一年的冬天，冰霜打在玻璃窗上，我总要用我那双小手在窗上写着只有我能懂的文字，还嘻嘻哈哈地乱说一气。那时候，妈妈则会将我那冻僵的小手放进她暖洋洋的手掌心中，然后带我去打雪球、堆雪人，欢笑声荡漾在房前屋后……那时候，妈妈的手是世界上最让人感到舒服的手。

我渐渐地长大了，到了该上小学的年龄了。妈妈依旧不放开我的双手，牵着我走进学校，走进教室。每天放学，妈妈又会牵着我的手走出教室、走出学校，有时还会变魔法似的给我拿出蛋糕来。握着妈妈的手，发现这双手不像以前那样光滑，它粗糙，却有力。

时间飞逝，转眼间我已上五年级了。那校门不知被妈妈踏了多少次，踩了多少回。我就像妈妈手中的一只风筝，无论我走得多远，飞得多高，妈妈始终牵着我的手。

成长的路上，有她牵着我的手，真好！

第五部分 假如爱有颜色

发现花未谢

——读《妈妈走了》有感

胡巧叶

> 妈妈走了，带走了她那迷人的微笑，却带来了那一缕淡淡的哀愁和那一抹沉沉的思念。
>
> ——题记

瞧，那朵玫瑰发出最耀眼的红光。殷红的玫瑰花似绒球，花瓣上闪亮着晶莹的露珠，清香就从那俏丽的瓣层中散发出来、散发出来，越来越远……然而就在它开得最绚丽时，竟突然间凋零了——妈妈走了。

妈妈走了，她那灿烂的微笑也随之而去了。原本一朵娇艳美丽的花就这么谢了，原本一个幸福阳光的家就这样碎了。乌娜、保罗、卡勒尔那撕心裂肺的哭喊声划破了天际，重重地撞击着我的心坎。我双手捧着书，迟迟地不想也不愿将书往下读，泪水早已浸湿了我的双眼。我轻轻地合上了书，陷入了深深的伤感中。这三个孩子，原本是那花的叶子：花开时，他们托着花枝，陪伴着花，簇拥着花。可现在呢？花谢了，凋零了，在那光彩下只有那干枯的托儿。唉，跟我有多么相似的经历！只不过他们的妈妈去的是一个我们都不曾见过的世界——天堂罢了！

记忆的思绪瞬间就飞回了三年前的那个暑假。记得那年的暑假特别炎热，爸爸妈妈整日整夜没完没了地吵呀吵。然后突然有一天，妈妈收拾了她所有的行李，离开了家，离开了我和爸爸。就像故事中的乌娜一样，在以后的几个月里，我终日以泪洗面，仿佛整个世界都弃我而去。失去至亲的痛苦是一种什么滋味？就是这种浸满泪水的苦涩与辛酸。在妈妈缺席的家里，再也尝不到妈妈亲手烹饪的香甜的饭菜，再也听不到那一声声暖暖的叮咛，再也看不到那一张甜美的脸，再也……想到这儿，眼泪夺眶而出，顿时像断了线的珠子似的滴落在精致的封面上，我趴在桌前放声痛哭起来。

不知过了多久，初升的阳光，透过蓝色的透明玻璃照在我的脸上，我努力地平复心情，然后又慢慢地打开书，静静地往下读。主教的出现，给原本笼罩着阴影的家庭带来了一缕阳光，一线希望。他告诉乌娜和她的爸爸、哥哥们，他们是幸福的，因为他们拥有人世间最平凡却又最宝贵的亲情。尽管妈妈走了，但是我们不能再让她担心了，我们要去寻找全新的生活。最后，乌娜一家用彼此的爱重新找回了快乐……

合上书，走出户外，我的脸顿时被耀眼的强光照射着，迎面而来的是花丛沁人心脾的清香，温馨而又持久。我的心顿时释怀了！妈妈跟爸爸离婚后虽然离开了我，去了千里之外的广州，但是我们之间始终有无法割舍的亲情！她依然爱我。或许她只是在用另外一种方式表达着她对我的爱吧？每次在我伤心失落时，她总会在电话里鼓励我、安慰我；天气转凉时，她会悄悄地给我寄来她亲手为我编织的毛衣，还不忘叮咛我要及时地添加衣服；每年的生日，我都会收到她精心为我挑选的我最爱的课外书……啊，妈妈！我的心中涌起一份深深的感动。

妈妈走了，但是她的爱不会带走，心中的那朵爱之花也不会凋谢，会永远为我绽放！

桂 花 情

王 懿

金秋十月，桂花又开了，那缕缕清香，阵阵幽芳，让我想起从前的邻居奶奶。

几年前，我家住的是平房，邻居奶奶就住在我家对面。奶奶家有一个大院子，院子里有好多树，那时我还小，一棵也叫不上名字来，只知道有一棵树开的花很香很香，而且是在秋天。有一年，我竟被花香陶醉了，多么想摘几朵放到家里呀！奶奶家的院子里有围墙，可围墙很好爬，只要站在围墙顶上就能摘到那香气扑鼻的花。我绕到奶奶家后院的围墙边，看四周无人后，便轻手轻脚爬了上去。我轻轻地抚摸着这些小精灵，经过一番挑选，掌心中的小花堆得高高的，我连忙揣在怀里。呀，不好！奶奶到院子里来了，我吓了一跳，脚没站稳，差一点摔了下去，怀里的花也洒了一地，幸好粗大的树枝托住了我，但我还是被奶奶发现了。奶奶也被我吓坏了，赶紧抱我下来，我浑身发抖，怕奶奶告诉我妈妈。奶奶看着我滑稽的样子，被逗笑了。奶奶放下了我，转回去取了个塑料袋，来到那棵树下摘了一大袋那种花递给我，说："下次再也不能翻墙，要是跌下来就糟了，你不是想要桂花吗？可以自己来采啊！"我第一次知道这花原来叫桂花，好好听的名字呀。我提着袋子高高兴兴地跑回了家，妈妈站在门前望着我笑呢！果然，奶奶只字未提。没过几天，奶奶又送来了好多饼子，奶奶说这是桂花饼。我咬了一口，酥酥的，香香的，还有桂花味哩！奶奶望着我又笑了，转身离开了。

以后，每一年，奶奶总要做桂花饼送给我，直到有一年，我搬家了，奶奶最后做了一次桂花饼，从此以后我再也没尝过奶奶做的桂花饼了。直到有一次回到那里，听邻居说，奶奶已搬到外地了，奶奶家的那棵桂花树却保留了下来。每年秋天，树上仍然绽放出很香很香的花儿。花香飘呀，飘呀，飘到我的心中……

爱在寒风中

陈嘉露

从二叔家出来，夜幕已经降临了。寒风呼啸着，犹如一把锋利的尖刀，狠狠地从脸上刮过。我坐在爸爸的自行车上，紧紧地蜷缩着身子，双手笼在袖子中，迷糊地盼望着能早些到家。

突然，"吱"的一声，自行车停住了。爸爸快速地脱下自己的外衣，一把披在我的身上。"露露，快，快裹紧，这鬼天气骤然变冷了！""不，不！爸爸，这样你会冻着的！"我使劲地掀起爸爸的衣服，努力着，想给爸爸披上。"露露，听话！爸爸不冷！"不由分说，爸爸已按住了我的双手，迅速地替我裹紧了大衣。随即，爸爸又用他那粗糙的大手轻抚了一下我的脑袋，如往常一样。冰冷的指尖正好触及了我的脸颊。那，是一种刺骨的冷，让我禁不住一阵瑟缩！这时，爸爸已经跨上了自行车。他弓着背，缩着脖子，使着劲儿向前行驶着。稀疏而又凌乱的头发随风飘舞着，偶尔侧过的脸庞因瘦削而愈发显得苍老。望着爸爸在寒风中逆行的单薄背影，无言的泪水顿时顺着我的双颊悄然滑落。爸爸，你为我付出的实在太多了！清晰地记得：在冰冷的冬夜，你悄悄地焐暖我的被窝，让我安然入睡；在我学习遇到困扰时，你想尽办法陪我一起攻克；在我遭受生活挫折的时候，你用憨实的语言安慰我，使我心定神安……爸爸，我真的难以忘却你一个又一个关爱我的细节！浓浓的父爱，犹如一汪清泉，无边无际，无怨无悔地滋润着我幼小的心田。

寒风依然，心却异常温暖。幸福的我被父爱的暖流紧紧包围着。爸爸，我知道我无法在此时为固执的你再披上这件暖衣，但到家后，我会依然为你沏上一杯热茶，端上一盆热水，再为你洗一次脚……爸爸，女儿已经长大了，我要尽力做一件你贴心的小棉袄！

107

假如爱有颜色……

高如岗

假如爱有颜色，我发现这个世界上颜色最多的就是我的妈妈。

妈妈的爱有时是黑色的。那一次，我因为瞒着妈妈偷偷地出去打游戏，玩着玩着竟然忘了时间，等星星、月亮与我牵手回家时，妈妈的眼中透露出了那种深不可测的"黑色"，她严厉地审问着我，见我迟迟不承认，就斩钉截铁地说："看来是不承认了？"说着，拿出尺子狠狠地打我的手心，疼得我死去活来。我心中知道，妈妈这样做是为我好，我是她的亲骨肉，妈妈打在我手上，痛在她心里啊！我心里这么想，可眼泪却如泉水一般涌了出来。自从那以后，我再也没有去过游戏厅。

妈妈的爱有时是红色的。有一天，我拿着一张崭新的喜报，笑容满面地到了家，正好赶上妈妈买菜回来。妈妈一见喜报，脸上顿时绽开了花。那天，妈妈异常高兴，让我玩这个，给我买那个，还给我做了我最喜欢吃的红烧肉。在饭桌上，还一个劲儿地给我夹菜。那天晚上，我们全家到处洋溢着爱的气息。

妈妈的爱有时也是蓝色的。一次我放学回家，做完作业，就懒洋洋地躺在沙发上，津津有味地看起电视来。正看到精彩时刻，妈妈突然走了进来，见我书包掉在地上也不捡起来，眼中立刻流露出一种让人捉摸不透的神色。此时的妈妈就像蓝色的大海，表面上看起来风平浪静，内心却是波涛汹涌。只见她大步流星，二话没说便把电视关掉了。我感到十分委屈。过了一会儿，妈妈走了过来，在我的头上抚摸了几下，让我心里感到暖暖的——因为有爱。

这时，我才发现，自己生活在一个五颜六色的爱的世界里。爱，需要用心去感受……

妈妈，一本我爱读的书

徐文平

我的妈妈是本很"厚"的书，一本让人越读越爱的书，一本内容丰富、色彩斑斓的书。

妈妈是本《百科全书》。她让我知道学习是那么有趣，使我在知识的海洋里遨游，去领略知识带给我的乐趣。瞧，妈妈坐在我的课桌旁，细心地教导我。有时我有点听不懂，可妈妈还是不厌其烦地一遍又一遍地给我解释那一道又一道的难题。妈妈把知识教给我，像甘泉一样浇灌在我那求知若渴的心田。

在生活中，妈妈好似一本《战国策》。她帮我出点子，想办法，排忧解难。就说上次吧，我和隔壁邻居的孩子发生了争执，妈妈见了，主动帮我们进行调解，并告诉我们应该和睦相处，互帮互助，不要为了点儿小事而破坏彼此之间的友谊。听了妈妈的一番话，我们不好意思地低下了头，主动向对方道歉。

妈妈更像本《思想品德》。妈妈常教育我不要为了得到别人的赞扬而做事，做自己应该做的事。妈妈一天到晚很少有时间休息，总是累得直不起腰。有时我做点儿事就觉得累，可和妈妈比起来又算得了什么呢？

妈妈！通过读您这本好书，我吸取了许多成长的养分、快乐和健康。

109

什么人才拥有幸福

卢 雷

什么人才拥有幸福？

孤儿的答案是：有爸爸妈妈的人才拥有幸福。

亲爱的同学，你看到了吗？他们的要求竟如此简单，多少个黑夜和白天，多少个酷暑和严寒，孤儿们承受了太多的苦难。我们不应该无动于衷，我们应该珍惜我们的幸福生活，爱我们的亲人，多体贴他们。

什么人才拥有幸福？

灾区的人的答案是：能够吃饱饭的人才拥有幸福。

亲爱的同学，你想到了吗？在我们把刚咬一口的馒头扔掉时，有多少人还吃不饱穿不暖，有多少双眼睛渴望的仅仅是温饱。粒粒皆辛苦，你可明白它的含义？

110

什么人才拥有幸福？

孤单的孩子的答案是：有朋友嬉戏、吵闹、聊天的人才拥有幸福。

亲爱的同学们，你想到了吗？是你把自己封闭在孤独的空间，是你让盛开的百合囚禁在无人的峡谷，是你让最灿烂的阳光隐藏在云后，是你把最美丽的笑容羞涩于风景之外。为什么不主动地走出来，把你的开心分成两倍开心，把你的痛苦减少成二分之一的痛苦？

什么人才拥有幸福？

我的答案是：爱着我们自己，爱着我们的亲人，爱着我们的家园，爱着我们的社会，用一颗真诚的心，换别人美丽的笑容，把一切可爱的记忆传播，传播到世界每一个角落。

亲爱的同学们，你明白了吗？

树篱后的父亲

赵玉蓉

在我的记忆里，爸爸似乎很少接送过我，哪怕天气极其恶劣。

上小学后，我每天都要走那段路，经过那排阴森森的树篱，而每次回到家后都会听到他那句无关痛痒的话："哦，回来了？"

我并不在意走路，但是孤身行走在乡村的小路上却总是让我提心吊胆的，尤其是父亲对我漠不关心的态度，更让我有种不被重视的感觉。

但在一个春天的傍晚，这种感觉消失了。

那天，我放了学，背着书包开始了"长途跋涉"。

一排树篱沿着小路蜿蜒地爬上了山坡，山坡上就是我的家。每当我走下大路，踏上最后一段行程，这排树篱总不能令我安心。

那天傍晚，树篱刚刚映入了我的眼帘，忽然落下一阵蒙蒙细雨。我弯下腰去书包里取雨衣，当我站起身来时，看到一个黑影掠过山坡，向我家里走去。仔细辨认，原来是父亲！

当我踏入家门时，听到的仍是那句问话，看到的仍是在沙发上若无其事的父亲，可意义完全不同了！顿时，泪水夺眶而出……

从那以后，每当我回家的时候，那个身影便成了我的灯塔。一看到那树篱后偷偷走动的身影，一听到那树叶沙沙作响的声音，我的心就放松下来。

回到家，我依然会看到若无其事的父亲坐在沙发上。"哦，回来了？"他会问。而我仍会像往常一样回答："是的，爸爸，我回来了。"

那次，我发现了树篱后隐藏的真情；

那次，我发现了树篱后的父亲；

那次，我发现了父亲的爱！

体 谅

唐 瑶

深秋的一个中午，风呼呼地刮着。一家人吃完了饭，望着饭桌上乱七八糟的碗筷，爸爸发问了："今天的碗由谁来洗啊？"饭厅里静悄悄的，谁都没吭声。爸爸又问了一句，还是没人吭声。"这样吧，我们来抓阄决定吧。"大家都默认了。

爸爸撕了一张纸，忙乎了一阵子，大声说："好了，可以开始了！唐瑶先来吧。""哦。"我慢吞吞地走过去，随手捞了一个，打开一看："唐瑶！""咳……运气真遭！"我叹了口气，开始收拾碗筷。爸爸妈妈高高兴兴地进房去了。

当我在清理饭桌上的残羹时，顺手打开其他纸团。这一下，可把我气坏了：原来三个纸团写的竟然全都是我的名字！天啊，为了达到让我洗碗的目的，爸爸竟然耍了诈！

我怒气冲冲，直闯爸爸妈妈的房间：震耳欲聋的鼾声此起彼伏，传进我的耳膜。天，怎么才这么一点儿工夫，爸爸妈妈就这样沉沉睡去？我的心动了一下，火气稍微降了一点儿。我默默地退了出来。

我又推开姐姐的房间，只见姐姐正埋在作业堆里，连我站在她身后都浑然不知……我轻轻地带上了门。

水哗哗地流着，一个个粘满油腥的碗在我冻得红通通的手中上下倒腾着，我想了很多很多……

到了晚饭时，我看了看饱经风霜、终日奔波操劳的爸爸妈妈，又看看学习任务繁重的姐姐，突然感觉到有一种东西要从眼中流出来，我咽了咽口水，站了起来，大声宣布："从今天开始，洗碗的任务由我承包！"

外婆的礼物

刘 蔚

你们收到过礼物吗？送出过礼物吗？我就收到过，也送给过别人，但是这些礼物中，我最难忘的，便是那件已经洗掉了颜色的毛衣……

我的童年几乎都是在一个人的陪伴和照顾中度过的，那个人便是我的外婆。外婆是个清瘦的老人，一阵风吹来似乎都能把她吹倒。外婆很慈祥，那张几乎每天都在消瘦的脸上，却总能露出让我感到安全的微笑。外婆爱织毛衣，闲来无事或快睡下时，总爱把不离身的毛线用针打成一件衣服，送给妈妈或姨妈穿。不过外婆给我织的毛衣数量最多，也是最漂亮的。我穿着外婆织的毛衣，总是感觉暖洋洋的。

一个秋日的傍晚，外婆用她那饱经风霜的粗糙的手，为我织毛衣。我那时玩累了，正坐在外婆家门外的柳树下休息，外婆的手织着毛衣，渐渐地，针在毛线间穿梭的速度越来越慢，终于停下了。外婆缓缓抬起头，艰难地说："乖孙女，过来，外婆有话说。"我蹦跳着跑过去问："什么事，您说。""外婆现在织的毛衣漂亮吗？""漂亮！"我笑着说。"外婆把织的最后……毛衣给你，你喜欢吗？""喜欢，太喜欢了！"我高兴地跳起舞来，在旋转中，我惊讶地发现外婆眼里被夕阳映照得闪着金色光芒的泪花……

几天后，我被妈妈接了回去，我也不知怎么的，离别时外婆瘦如薄纸的身躯总让我感觉要被风带走，再也回不来了……

几天后，我问妈妈我的外婆呢？外婆在哪儿？妈妈哽咽地说："你外婆……她，她因为胃癌走了。""走了是什么意思？""就是去世了。"妈妈低声说。我听后先是一愣，之后眼泪便不听使唤地大滴大滴地滚下来，我努力克制，却总是止不住。

外婆，我会听您的话，做个坚强的孩子，您织的最后一件毛衣，我会珍藏一生，因为那是一件凝聚着您对我的关爱的最好的礼物。

我的家人像天气

洪绍岳

　　天空中的气候是变化无穷的，我觉得我的家人就像天气，每个人都有自己的特点。

爸爸——雷阵雨

　　雷阵雨来的时候很凶猛，电光闪闪，雷声隆隆，豆大的雨点噼里啪啦地砸下来了。爸爸也一样，脾气发作的时候很凶猛，不仅训人的声音大，而且还会动手打人。

114

　　那一天，我在学校打篮球，一高兴把篮球当成足球，一脚踢飞。篮球不偏不倚正好砸在教室窗玻璃上，玻璃"哗"的一声碎了。

　　我回到家不敢隐瞒，把实情告诉了爸爸。爸爸的脸色马上就"乌云密布"了，紧接着是"电闪雷鸣"，我被狠狠地教训了一顿。

妈妈——灿烂阳光

　　妈妈的脸上总是挂着笑容，我从没看到过她有愁眉不展的时候，即使遇到不顺心的事情，妈妈也不会忧愁的。

　　奶奶说我小时候很顽皮，又爱哭，轻轻摔了一下就要哭，没有玩的东西也要哭，甚至很多时候，我无缘无故地就哭起来。这个时候，妈妈特别有耐心，她拿糖果哄我，把我抱在怀里唱歌给我听，还带我去逛街。奶奶说："你的妈妈真是有耐心啊！"

是啊！妈妈就像是春天的阳光，那么温暖，那么灿烂，时刻给我带来光明。

我——变幻云朵

平时，我总是无忧无虑，家里什么事情也不用我操心，妈妈把饭菜做得香喷喷的，奶奶把家务事处理得井井有条。那一次，我的绘画在学校里拿了一等奖，我高兴得一天都合不拢嘴。那时，我是白云。可是也有伤心的时候，语文考试粗心了，连九十分都没考上，回到家，我扑在妈妈的怀里呜呜地哭了，那时候，我就是乌云。

看了我的介绍，你觉得我的家人的脾气很有意思吗？有空来我家坐坐啊。

115

爷爷的"百家讲坛"

戴志浩

爷爷是一名中学语文教师，而且一直是教高三的，工作非常繁忙。去年退休后一下子就闲了下来，他也没什么别的兴趣爱好，因此几乎都是待在家里，觉得很不适应。

爷爷平时酷爱古典文学，经常手里捧着一本文言文的书籍，自读自背。有一天，我问爷爷："爷爷，我们吕老师最喜欢给我们讲诸葛亮的故事，还经常提起他写的《出师表》，你会背吗？"爷爷一听，兴趣上来了："嗨，小意思，没问题！"说完，爷爷便边踱步边抑扬顿挫地背诵起《出师表》来。天哪！从开头的"先帝创业未半，而中道崩殂"到结尾的"今当远离，临表涕零，不知所言。"爷爷背得竟然一字不差！接着，爷爷还绘声绘色地给我讲起了诸葛亮当时写这篇《出师表》的情形，我听得津津有味……

一个星期六的早晨，我来到爷爷家，可爷爷却不在家。"爷爷呢？"我问正在做早饭的奶奶。"你爷爷呀，"奶奶打趣地说，"他正在小区的健身广场开'百家讲坛'呢！"原来自从上次爷爷给我讲完《出师表》后还真上了瘾，早上在小区的健身广场锻炼完身体后就顺便给一起锻炼的老爷爷老奶奶讲一段古文。爷爷不但讲这些古文的内容，还跟大家介绍作者以及进行评论，大家对此都非常感兴趣。爷爷就这样经常"现场直播"，人气指数迅速上升，大家都称他为"超级老男生"。

正说着，爷爷回来了。一看见我，爷爷高兴地说："嘿，我的乖孙子，赶明儿放暑假，你每天早上也来捧捧场。""行，我一定为你鼓掌！"奶奶催促说："我的'超级老男生'，赶紧吃早饭吧！""等会儿，街道主任请我明天为老年协会作个讲座，丰富一下大家的文化生活，我得先查找一下资料。"说完，就径自向书房走去。

"嘿，乖孙子，你瞧，看把他美得！幸亏不是中央电视台的'百家讲坛'邀请他，否则他就分不清东西南北了。"奶奶笑着对我说。

看着爷爷查找资料那忙碌的身影，我心里想：说不定哪一天中央电视台的"百家讲台"还真会邀请爷爷呢！

第五部分 假如爱有颜色

油烟弥漫的"战争"

廖艺鸿

今年暑假，由于父母出差，留下我们兄弟两个在家过日子。对于做饭这个头等大事，我们兄弟俩可谓好一番明争暗斗，在油烟弥漫的"战争"最前线——厨房，打响了反击战。

第一回合，抛砖引玉。暑假第一天，我就先发制人。一大早敲开了弟弟的房门，故意在他面前翻开他至爱的漫画书。"哥哥，借我看一下嘛……"弟弟请求我。我大方地说："别说借，送给你也行，可做饭这事呢——""没问题，今天我包了。"就这样，明天送心爱的玩具车，后天送精美卡片，一个星期过去了，我的"宝贝"全交换完了，弟弟也乐滋滋地做了一星期的饭。

第二回合，攻心为上。弟弟忙碌了一个星期，就洗手不干了。他每天早上跑到我床头，轻轻地呼唤我，为我倒来洗脸水，还轻轻地说："哥哥，我是你的弟弟，你就尊老爱幼，做顿饭给我吃嘛。"你说，我能不受用？得意起来就说："弟弟，让哥哥照顾你吧。"这一照顾就照顾了一个星期。

第三回合，金蝉脱壳。这一天，苦在厨房里的我绞尽脑汁地寻求逃脱计，忽然灵机一动，我大声地向在客厅看电视的弟弟喊："哎哟，肚子痛，我要上卫生间，你快来看火。"弟弟丢下遥控器，接过我手里的铲。我这一上厕所一直待到弟弟开饭。久而久之，弟弟也照葫芦画瓢，还没淘米，就"恍然大悟"地说："我有急事。"然后一去不复返。

第四回合，苦肉计。现在各种借口都用遍了，我和弟弟又琢磨着新对策。终于，被弟弟后发制人，用一招苦肉计把我唬住了。他时不时腰"酸"腿"痛"，隔三岔五又小"病"一回，还咳嗽几声，抹鼻涕，趁机远离厨房。我心里老大不情愿地接过他的活，狠狠地切菜，干脆来个绝的，切菜时划开一小道口子，让手指头"壮烈牺牲"。这一下子，我可以理所当然地与厨房隔绝了。

经过一番龙争虎斗，兄弟两个都已身上挂彩，皮黄骨瘦。好不容易熬到爸妈回来，他们吓了一跳，异口同声地问："你们两个月没吃饭了吗？"

原来奶奶不会魔法

杨雨倩

小时候，看着奶奶把面团放到锅里，一会儿，就蒸出了又大又白的馒头，觉得好厉害，于是天真地问奶奶："奶奶，这面团怎么变成香香的大馒头了呢？"奶奶似乎挺把这当回事儿，望望四周，轻轻地对我说："奶奶会魔法。"这时，我的心都跳出来了，魔法？就是小人书里那种拿着魔法棒，往那儿一点，石头就成了一只活蹦乱跳的兔子的那种魔法？噢，太棒了！我拥有一个会魔法的奶奶！我比谁都幸福！

以后，奶奶经常为我表演小魔法。

她可以把碎布片和棉花变成一个布娃娃。

她可以把一张空白的纸变成一张漂亮的画。

她可以把我蓬乱的头发变成几条美丽的小辫子。

更厉害的是，她可以用肉馅和面团，再加上花椒粉、香油、酱油、味精、芝麻酱、碘盐……做成肉包子！

我说的这些是有根据的。

那天，奶奶说要表演大魔法，并说有肉包子吃。我就把小伙伴们都叫来，说来吃包子，于是，奶奶开始表演大魔法了。

她先把牛肉乒乒乓乓地剁成肉馅，（右手）再用一个黄颜色的小瓢从面袋里把一瓢一瓢的面粉倒进面盆里，然后不停地搅拌，不一会儿，一个大大的面团揉好了（左手），这时右手得闲了，就又把葱、姜剁成末，掺入剁好的肉馅里，调料架上的花椒料、香油、汤、盐……忙着与肉馅会合。

最后，面团被放在面板上，擀面杖左右开弓，眨眼的工夫，一个又一个包子包好了。

煤气打开、烧水、放包子……

我们都看傻了！这绝对是一个有魔法的奶奶，否则怎么有这么厉害的功夫？

谁也不出声。

一分钟、两分钟……

肉包子的香味满楼都是。

狗狗们闻着香味找来了，"汪汪"地叫，向奶奶讨包子吃。

奶奶不紧不慢地说："包子好了，都有份的，甭急甭急！"

又是一阵浓郁的包子香，我们流的口水把衣服都给打湿了。

不记得怎么吃包子，怎么把狗轰走，怎么向奶奶再讨包子，奶奶怎么拒绝，怎么意犹未尽地走，只记得后来，奶奶没再给我们做包子。

奶奶仍旧拥有魔法。因为她以前为我们做过包子。

直到现在我才明白，奶奶不会魔法，她为了给我们做香喷喷的肉包子，之前不知练习了多少次。她为的或许就是给我的童年留一片幻想的星空吧！

这是我关心的

张 杰

我不讲究衣服是不是名牌，也不讲究饭菜好不好，我最关心的只是电话铃的响起。

我是一个单亲家庭的孩子，从小跟着妈妈生活，所以妈妈和我之间的爱是非常深的。前几年，妈妈到北方工作，留下我和外婆在家，一年在一起生活的日子只有两三个月，对我而言，我最关心的就是电话铃响起来。我总想从电话这一头听见妈妈甜甜的嗓音，感受她从电话里传来的温情，只有听见妈妈的声音，我才不那么寂寞。

六一前一天晚上，我急切地盼望电话铃能响起，可电话始终没响，我在心里做了最好的打算：妈妈肯定太忙，忘记打电话了。这天晚上，我仿佛在寒冷的冬天度过的。第二天一早，我再次坐在电话机旁焦急而又耐心地等待着。"嘀铃铃——"电话响了，说时迟那时快，我拿起来一听，结果是同学的声音，我的心又沉了下去。此时的我心急如焚，一直在家打转。我终于忍不住了，自己拨通了妈妈的手机，整整过了三十秒，我终于听到了期盼已久的声音，可那声音有点沙哑，还伴着咳嗽声，我听出妈妈生病了。妈妈带着病音，对我说："孩子，这几天学的东西会吗？"我急忙问道："你身体怎么样？"片刻之后，妈妈说："挺好的呀！"我反驳道："你明明生病了，为什么还瞒着我呢？"我的眼泪无声地流了下来。妈妈解释说："我只不过不想让你担心……没关系的……"

妈妈呀妈妈，你不知道，你的健康对我来说有多么的重要！也许你认为这是一件很小的事情，但对我而言，却是相当的重要，因为你是我的依靠，我可以在嘀铃铃的电话声中感受到来自北方母爱的温暖。所以我深深地祝福妈妈——身体永远健康。

老妈头发X变

杨文易

一首《看我七十二变》风靡大陆的时候，老妈的头发也玩起了X变。

一变：瀑布型

最近，老妈把头发烫成了瀑布型，垂直往下挂，而且在发梢染上了颜色。走在路上，风一吹，头发映着阳光，就像飞扬的一串串水珠。嗯，应该是雁荡的小龙湫。

我的评价：发型还可观，色泽也够亮丽，随风飘动的姿势也不错。只是，头发太少了，像是干旱时期的瀑布。

评委亮分：60分。评审结果：老妈又改了发型。

二变：螺丝型

螺丝是什么样的？当然是一圈一圈卷着的。老妈为了赶时髦，经过一段时间的精心策划，竟然把头发盘成了螺丝型。不过看起来效果还行，中间插一根筷子，绕着筷子，头发一圈一圈地盘上来，底下是粗的，越往上越细。说是螺丝型，我觉得更像蛋卷，如果再染成金黄色，喷上香水就更妙了。

我的评价：人看起来长高了不少，个性是有了，只是中间多了根筷子似的东西，像是蛋糕房的作品。

评委亮分：90分。评审结果：老妈在穿衣镜前前前后后足足打量了20分钟，决定——变。

三变：爆炸型

这一次妈妈所有的发丝都被烫得弯曲，而且是不规则的弯曲，也不再是完全的黑色了，焦黑色、灰色、棕色夹杂纠缠在一起，仿佛是有人在老妈的头上扔了一个鞭炮……如果头发还是顺滑的多好，发丝偏偏是僵硬的，一般的五、六级台风根本不能撼动分毫。

我的表情：瞪眼（有铜铃大小），张嘴（可以塞进一个鸡蛋）。一个词——目瞪口呆。

评委亮分：100分，绝对，牛！评审结果：老妈高兴得直乐："还行哦！"我"砰"的一声撞了桌角，晕！

当然，老妈的头发要赶上潮流就必须不断地变化。最近老妈得了个称呼叫"百变魔女"，就是从头发上得来的。

"小帮毛"变"小帮手"

邹 僖

我有很多优点，但也有一个很大很大的缺点：马虎，干什么事都不精益求精，马大哈一个。有一次，我把"手"字写成了"毛"，从此，妈妈就赐给我一个"雅号"——"小帮毛"。哎，没办法，谁叫我总是这样粗心大意呢。

今天中午，我坐在沙发上，听妈妈给我讲《哈佛女孩刘亦婷》里的故事。婷婷姐姐是我学习的榜样，她小时候学习很优秀，在家总帮妈妈做家务，后来考上了世界一流的大学——美国的哈佛大学。妈妈说，勤劳是做人的根本，一个人从小就应该养成爱劳动的好习惯，为父母分忧解愁……我听了妈妈的话，连忙说："我也要帮妈妈做家务嘛。"妈妈笑着说："好，那你就帮妈妈把桌上的碗洗了吧！"我高兴得又蹦又跳："太好喽！我不是妈妈的'小帮毛'了，我是真正的小帮手喽！"妈妈笑而不答。

妈妈给我做示范，教我怎样洗碗。首先，把桌上用过的碗筷放到水槽里，把水龙头转到热水的那边，先用热水把碗筷上的油渍冲洗掉，如果油渍不容易洗，就用一点洗涤剂，但一定要把洗涤剂冲洗干净。然后，把水龙头转到冷水的一边，把碗筷清洗干净。最后，拿干净的洗碗巾把碗筷擦干，放到碗橱柜里就OK了。

"师傅"讲解完毕，我迫不及待地来到水槽边，准备大显身手。哎哟，水好烫！我甩着手，跑开了。"毛手毛脚的，先要把水温调好。"妈妈走过来调好水龙头，并告诉我应该怎样试探水温。碗滑溜溜的，一点儿也不听话，我真想随便冲洗几下就算了。可不行呀，我得摘掉"小帮毛"的"桂冠"！我就不信对付不了这几个碗！我一会儿洗洗这个碗，一会儿冲冲那双筷子，忙得不亦乐乎。好一会儿，我才把它们洗干净，可我的衣服前面也湿了一大块。"我洗完了，请师傅检查。"我朝正在拖地的妈妈喊道。妈妈走过来，仔细地检查了一番后，非常高兴地宣布："合格！"并在我脸上用力地亲了一下。

望着亮晶晶的碗筷，我心里比吃了蜜还要甜。我再也不做"小帮毛"了！

怀念外公

程莲怡

在我成长的过程中，有许多人为我付出了爱，其中，令我印象最深的是我的外公给予我的爱。

那天，天气十分恶劣，我拿着自己的考卷兴高采烈地回家，因为我的语文成绩比较优异，所以我又蹦又跳地来到外公家。一进门，我就发现妈妈那严肃的脸上似乎挂着忧虑和沮丧，我把考卷递给了妈妈，我本以为她会笑容满面，可是，她却平淡地说："考得还好。"我十分惊讶，便闷闷不乐地走进外公的房间，只见外公平躺在床上，脸色苍白，干瘪的胸膛，微微起伏，呼吸十分困难，几乎奄奄一息了。他那暗淡的眼神，至今让我无法忘却。

我看着外公，泪水悄悄地滑落下来，滴在洁白的被褥上，外公那双枯瘦的手颤抖地从被子中拿了出来，他轻轻地朝我招了招手，我走了过去，轻轻地蹲下来，外公沙哑的声音发颤地说："你饿不饿呀，叫你外婆给你做饭去。"我愣住了，勉强地笑了笑，说："我不饿。"外公这才平静下来，闭上双眼。我看得出，他无法用鼻子来呼吸，而是张大了嘴巴，大口地喘着气。

我拿出今天的试卷，想让外公一起分享我的快乐，可外公的眼睛已经闭上了。妈妈示意我离开。我走出房门，只见屋外狂风呼啸，我打开那破旧的木门，站在后院，张开双手，怅望灰灰的天，心里不由得泛起一阵阵不安。妈妈透过窗户，看见了我，便疾步走向我，拉着我回家，见我泪流满面，妈妈小心翼翼地帮我擦去泪水，我低着头问："妈妈，外公这是怎么了？"

"没……没什么！"妈妈吞吞吐吐地说。

"妈妈，你不要骗我，外公是不是生病了？"

妈妈摸了摸我的头，说："你不要伤心，外公会没事的。"

听完这话，我便安心了。每当上课时，我经常看着窗外的天空，想着外公的音容笑貌，心神不定，有一次，老师还批评了我。一天晚上，我走进外公家门，只看见妈妈的眼中满是哀痛。我走到妈妈面前时，她立刻把我拉进房间，"不，不可能！"我叫道。我看见外公用那似乎有着千言万语的双眼看着我，之后就闭上了眼睛，再也没有醒来了。周围的人大哭，我跑到外公面前，用力摇着外公的身子，可是他就是不醒来。

举行葬礼的那一天，我亲眼看见外公躺在一张床上，像是平静地睡去，即将进行一次新的旅行。我飞快地跑了上去，抓住了那张床，不想让外公就这么永远地消失。大人们将我抱了起来，此时，我知道我和外公早已阴阳相隔了，当我看见外公的遗体被火化后，头脑一片空白，此时，我仿佛是世界上一无所有的人。

事后，大人们告诉我，外公离开之前不管怎样也要坚持看我最后一眼。直到我去看了他老人家最后一眼，他才安详地闭上眼。

直到现在，我的脑海中常常浮现出这样的画面：夕阳西下，爷孙两人在铺满金色落叶的小道上，相依的身影。

每当清明时节，我都会伫立在那条小道上，静静地等待，等待外公的爱，再次降临我的心头！

127

第五部分　假如爱有颜色

小纸条上的爱

戴 智

妈妈是一名中学教师，她已经连续教了好几年初三毕业班了。她平时工作很忙：每天晚上我睡着了之后她才拖着疲惫的身体回到家；每天早晨我起床的时候，她早已经出门了。

妈妈这么忙，可苦了爸爸，一个大男人承担了所有的家务：买菜、烧饭、洗衣服、打扫卫生……与此同时，爸爸每天还要为妈妈写上好几张小纸条呢。

早晨，妈妈一起床，首先会来到冰箱前，她倒不是要打开冰箱，而是看爸爸贴在上面的纸条写了什么内容。纸条上的内容可丰富了，比如："早安！粥煮好了，在锅里，冰箱里有小笼包，吃之前先放到微波炉里热一热。我去买菜了，记住注意休息，工作时不要太累了。"或者是"早安！今天会有雨，别忘了带件雨衣，我去买菜了。"或者是"早安！今天天气比较冷，多穿件衣服。"……晚上，妈妈一回到家，也是首先来到冰箱前看看爸爸贴在上面的小纸条。晚上纸条的内容比较单调，基本都是提醒妈妈吃一点夜宵再睡，或者告诉妈妈换洗的衣服放在哪了。

说实话，每次我看到这些小纸条都感到好笑，心想：爸爸怎么这么啰唆？家里地方就这么大，所有的东西一目了然，再说了，妈妈又不是小孩子，而且每天都写小纸条，真无聊。而妈妈呢，每次看到这些小纸条总是很高兴，脸上总会露出幸福的笑容。为什么会这样呢？一次，我把心中的疑问告诉了妈妈，妈妈听完之后，"扑哧"一声笑了，她捏了捏我的鼻子说："你们不是学过一篇文章《爱如茉莉》吗？这小纸条正如那茉莉，上面有你爸爸的爱呀！"

哦，原来是这样！爸爸把他的爱写在小纸条上，我今后也要把自己的爱写在小纸条上，让我们一家永远都充满爱，永远都充满温馨！

花生花

严红梅

　　人们常常赞颂灿烂的樱花，雍容的牡丹，圣洁的白莲，我却要赞美貌不惊人的花生花，因为我觉得平凡的花生花，蕴藏着另外一种美。

　　花生花，一般在七月开，青青的花生株上，露出一点点鲜黄的嫩苞。清晨，沐浴着露水，湿漉漉的；中午，反射着阳光，亮晶晶的。就在这时，小苞绽开了一朵两朵，娇小而醒目地点缀在万绿丛中。几天以后，到了花盛开的时期，那时，你若从花生地里走过，一眼便可见到那些小小的黄花，疏密有致地洒在椭圆形的绿叶中，绿中透黄，犹如翠绿的大毯子上，镶着粒粒金灿灿的玉石。微风吹过，送来缕缕清香，沁人心脾。

　　花生花，没有婀娜多姿的姿态，看上去确实比不上樱花、牡丹、白莲……我也并非初次看到它就喜欢，我对它产生特殊的感情是这样的——

　　几年前，我和妈妈路过一片花生地，看着那星星点点的小黄花，我好奇地走过去，刚想伸手摘一朵玩儿。"不要摘！"妈妈制止我。"为什么？"我疑惑不解地问。"花生的花，不像别的花，花生的花没有一朵'空花'，开一朵花，就结一个果。你摘一朵花，就少结一个果。"妈妈的话，使我感到惊奇，同时也引起了我的深思，开花必结果，多可爱的小黄花！千千万万的小黄花默默地开，悄悄地谢，最后通通钻入土中，长出千千万万颗饱满的花生，奉献给人们！

　　从此，我对花生花产生了特殊感情，每当我看到它，我就想到那些朴实无华、不计名利，有一分热就发一分光的普通劳动者。

129

第五部分　假如爱有颜色

外婆的老花镜

朱志纯

外婆已年过六十了，岁月的流逝使她发生了很大的变化，头上的白发已经由两鬓扩展开来，脸上也增添了许多"深沟"，唯一没有改变的，是外婆那破旧的老花镜。

记得在我五岁的时候，我到外婆家住。那时已是深秋，天气骤然变凉了，外婆见我还穿着薄薄的羊毛衫，便买来一些毛线，戴上那副老花镜，为我织毛衣。因为白天要到田里忙活，只有到晚上才有时间，于是每天晚上吃完饭后，我总是看到戴着老花镜的外婆在灯下吃力地织着。我走到近处看着，只见外婆那双爬满皱纹的手，正小心翼翼地织着，织一会儿，还把未成形的毛衣放到老花镜下，仔细看看有没有织得不好的地方。有一次，我坐在外婆的腿上，陪着她一起织，我的小手轻轻抚摸着外婆的大手，摸着摸着，我竟然睡着了！模模糊糊中，我感觉外婆轻轻地把我抱到床上，盖上厚厚的被子，然后又回到灯下继续织着。此时已夜深人静，只有老花镜彻夜陪伴着她。

经过不知多少个不眠之夜，外婆的眼里已布满了血丝，一件厚厚的十分精致的毛衣就穿在了我的身上，无论天气怎样冷，我的身上也暖和和的。

一转眼，老花镜又陪伴外婆度过了六个春秋，我已经上五年级了。外婆的眼睛越来越不好，老花镜也就成了她必不可少的东西。现在，外婆还是戴着老花镜在灯下为我织毛衣，我曾多次劝她不要织了，自己买就行了，可外婆却摇摇头，正了正老花镜，固执地织着。

外婆的老花镜已又破又旧，但拿在手里，心里总会涌出一种无名的感动。

130

第六部分

真善美的小世界

这么多的"为什么"，就像沙漠侵蚀绿洲，让我们原本绿色的心灵变成一片荒漠。其实，换个角度，用感恩的心看世界，在艰难中，你也能寻找出生活的希望！感谢初升的太阳吧，它带来了明亮的一天；感谢掠过的微风吧，它送来了花儿的芳香；感谢辛勤的父母吧，他们带给你生命和关爱；感谢友爱的朋友吧，他们给予你帮助和快乐；感谢挫折吧，它使你变得更加坚强勇敢……

——龚适之《亮晶晶的眼睛》

一帆阳光

黄一帆

在互联网飞速发展的今天，博客已成为一种全新的生活方式和学习方式，融入了我们的生活。于是，我在妈妈的指导下，自创了"一帆阳光"博客空间，从此，我在这里尽情地释放情怀、放飞心灵，它成了我快乐的家园。

记得开博那天，"一帆阳光"博客页面跳出的那一刻，我简直不敢相信自己的眼睛，问妈妈："这是我的吗？"妈妈微笑着点点头："一切由你做主。"我激动得心都快跳出来了，立即上传了几篇作文。啊！太好了！我可以任意涂鸦，想写什么就写什么，自由自在，无拘无束。我的生活变得充实，知识丰富了，自己的写作水平也在不断提高。

虽然最初的"一帆阳光"很简陋，但每次打开我会感到很温暖。如今看看我的博客，真是生动活泼、多姿多彩，再看看我的留言栏，真是博友济济，他们来自四面八方，是博客拉近了彼此间的距离。

记得那次去青岛旅游，青岛的博友给我们提供了最佳线路，并给我们预订了物美价廉的宾馆。还有一次外公的高血压药南通缺货，随时可能发生危险。我向上海的博友求援，一小时后，我就接到电话，告诉我药品已在上海开往南通的公交车上了……妈妈高兴地说："自从有了博客，我们的朋友遍天下。"当然，偶尔也有黑客的骚扰，在我手足无措的时候，众博友们纷纷为我出谋划策。这时，我的烦恼早已被感激和温馨取代了，甚至感谢黑客让我知道我有这么多善良的朋友。

就这样，"一帆阳光"已陪伴我一年了，它记下了我多彩的生活，给我带来了无尽的快乐。渐渐地，我发现许多不经意间留下的文字，都成了一道道美丽的风景，我越来越离不开"一帆阳光"了，我已下定决心，一"博"到底！

"格格阿哥"作诗忙

朱雯琪

"一个灯泡圆又圆，摔到墙上少半边。噼里啪啦乱糟糟，不管它啦静悄悄。"瞧！"阿哥"李元铭作的诗，还挺有意思的。这是老师让我们模仿《还珠格格》，用"圆又圆，少半边，乱糟糟，静悄悄"这十二个字作七言诗，大家一听，情绪高涨。

现在"阿哥"程子沛上场了，只见他摇了摇头又清清嗓子说："一个烧饼圆又圆，咬了一口少半边。"李潇翔打趣道："这小子真是贪吃鬼，满脑子都是吃，连作诗都有烧饼。"大家一听哄堂大笑。程子沛也忍不住笑了，可他立刻又回过神来，想了想，眼珠子一转，摸了摸头发，便摇头晃脑地学着古人的样子，又冒出了两句："老鼠见了乱糟糟，花猫一来静悄悄。"我们听了都笑得东倒西歪。程子沛不好意思地双手作揖："作得不好，作得不好，请多多包涵！"看他那文绉绉的样子，我们更是笑得全体下巴脱臼。

"格格"们也不甘示弱，腼腆的小才女孙璐晴轻声细语地说："一个月亮圆又圆，云儿一遮少半边。""哈哈！"我大声嚷嚷，"听听，这才叫诗呢！多有诗意，多有文采，多有想象力，真是名副其实的'紫薇格格'。"孙璐晴听了我的夸奖，羞得脸像块红布，不敢和大家的眼神对视，但她很快镇静下来，咬了一下嘴唇，沉思片刻，后两句诗就从她嘴里蹦出来了："玉兔一到乱糟糟，嫦娥来了静悄悄。"她的诗仿佛把我们带到了美丽的月宫，让同学们都沉浸在美好的意境中。过了好一会儿，教室里才响起了热烈的掌声。小才女真让人佩服！

这次我们作"七言诗"太有意思了，不但很开心，还当了一次"格格和阿哥"，这节课真让我难忘！

那河·那船·那人

陈 琳

记得小小的我曾在冬日午后温暖阳光的普照下，伏在爷爷的腿上，静静地听爷爷讲一个渡船人的故事……

那河，蜿蜒于山林间，它是小镇的命脉，是小镇人与外面世界唯一的沟通；那船，沧桑中透着古朴，它成了小镇唯一的交通工具；那人，细小无神的眼睛，瘪塌的鼻子，蓬乱的头发，很不成比例地镶在一张皱巴巴的脸上——他，的确很丑。再加上天生的哑，人们就叫他"老哑巴"。

不知什么时候，老哑巴成了小镇上唯一的摆渡人。他默默接过许多人都不愿接的撑竿，每天风里来雨里去，一趟趟迎送着小镇的乡亲，从不间断。那个古老的开满了无名野花的渡口，印满了他蹒跚的脚印。老哑巴的工作，没有丝毫报酬，他也从无要求。人们都说他"傻"。

那天，有个叫阿平的青年和村民们一起来到渡口。老哑巴孤独地坐在野花丛中呆呆地望着天。"老哑巴，开船了！"村民的吆喝声惊动了他。他站起身来，口里呀呀应着，很利索地解下绳子，撑开了船。船慢慢行着，两岸的芦苇和鸢尾草摇曳在风中。阿平为了免睹老哑巴的尊容，特意坐到了船尾，无聊地欣赏起河边的风景来。身边几位乡民闲得无事，竟拿老哑巴开起了玩笑。阿平幸灾乐祸地瞟了老哑巴一眼，却因老哑巴的眼神怔住了。

几天后，阿平又坐到了小小的渡船上。两岸的野花全开了，红红黄黄的一片。阿平无聊至极，便玩起水来，竟不小心把一只鞋子掉进了水中。老哑巴见状，把船撑到岸边，扔了撑杆，跳进了齐腰深的河里，艰难地摸索着。当他含笑把捞上来的鞋子递给阿平时，阿平差点哭了。

从此，阿平发现了自己的过错，发现了这个老人的善良和慈爱。他再不害怕他的丑陋，并试着接近这个孤苦的老人，也更深地了解了他的悲苦。生理的缺陷使他尝尽鄙视和侮辱，但他并没有消沉。他想要为大家做些事，用自己的爱心换取人们的理解、承认。他尽自己的努力唱出一首无声的歌。但是，没有人听见，更没有人去理解。人们在搭船时，从没有感到不安，从来都认为这是老人应做的，是理所当然的，甚至从来没想到这个不起眼的老哑巴正在为自己服务，为小镇延续着生机。而这些，朴实的老人从没有计较。

许多年后的一个春节，阿平又回到了那个小山村，又到了那个古老的渡口，又看见了那只小小的渡船。同时也看见，往日清新的野花变得黯然无光了，岸边蓝蓝如天空的鸢尾草也已凋零。渡船人，那只小渡船善良的主人呢？他在哪里？河水呜咽着，小渡船失去了光泽……

几天后，他从乡民口中听到了那个老人不平凡的经历。

这位聋哑渡船人，为了搭救一个落水顽童，用尽全力，静静地安息在这条他渡过无数次船的河里。人们终于认识到了自己不可饶恕的过错，深深地忏悔着。这位面容丑陋的老人内心深处的美丽终于在他死后被人们承认了。

老渡口还在，但芬芳的野花已凋零。小渡船依旧忠实地工作着，那河不知疲倦地流，一如往常。只见河里漂着几棵淡淡的蓝色的鸢尾草……

爷爷的故事讲完了，那河，那船，那人却像那小小的蓝色的鸢尾草一样，永远地盛开在我的心中。

带着爱心去旅游

程 杰

终于放假！嘿，真高兴，因为爸爸答应我会在假期中带我和妈妈去海南旅游，一想到课文《三亚落日》中描写的美景，我真恨不得马上就插上翅膀飞到海南去，真是太棒了！

临行前一晚，妈妈为我们整理行李。我看到妈妈往我们包里塞进了一些旧书以及我的一些旧衣服，我的心里很纳闷，于是就上前拉住妈妈的手，问："妈妈，我们去旅游，你塞进这些没用的东西干什么？这不是增加我们的负担吗？""小杰，这点东西不会增加太多的重量的。"妈妈笑着说。

我更加不解了："可是，妈妈，这根本就没用呢，对我们旅游来说简直就是累赘呀。"这时，爸爸走了过来，摸着我的头和蔼地说："海南的经济比不上我们江苏，那里有一些和你一样大的孩子，生活却没有你过得好。我们把家里一些不穿的衣物或者不看的书籍带上，送给沿途的贫困孩子。这样，既能在旅途中放松心情，又能够因为帮助他人而得到一份额外的快乐和充实感，不是一件两全其美的事情吗？"

"是呀。"妈妈接着说，"每天都有千千万万的人出行，如果每人都带上几件衣物、书籍或者其他一些物品，那将会给需要帮助的孩子们带来多大的帮助！每一次出游既能愉悦身心，又升华为'爱心之旅'，那该多么有意义！"

"哦，我明白了！原来我们的这次旅游是一次'爱心旅游'呀！妈妈，我们再多带些，我来和你一起整理吧！"我和爸爸妈妈都开心地笑了！

小朋友们，你们以后也一定会有机会出去旅游吧，但愿我们都能进行"爱心旅游"！

夹豆子比赛

杨紫金

今天下午，老师为我们安排了一场有趣的夹豆子比赛，直至现在，那场面还历历在目。

下午，老师让男同学和女同学分别选出三名代表，上台进行夹豆子比赛。

第一回合，男方派出粟涛对阵女同学郑思雨。老师还在宣布比赛规则时，两位选手已经跃跃欲试了。他俩死死地盯着塑料袋里的豆子，生怕漏掉一颗。"开始——"随着老师一声令下，两位选手争分夺秒地用筷子夹起豆子来。台下的同学们也按捺不住，围到讲台边你推我搡，还不忘给自己一方的代表加油。"哎呀！"粟涛突然叫起来，原来是同学们一拥而上，挤着了他，影响了他的速度。一旁的尹茂林和郑鹏见了，连忙围上去，在粟涛身边围成了人网，不让同学们靠近，碰到他的手。我被这种团队精神深深地感动了，我想，不管比赛结果如何，凭着这种团结拼搏的团队精神，他们就是赢家。

时间一秒一秒地过去，郑思雨从容镇定，速度越来越快。粟涛见了，急得像热锅上的蚂蚁。他越急心里越慌，手就越发抖，手越发抖，夹住豆子的速度就越慢，简直是筛糠子，夹一颗掉一颗。台下的男同学急傻了眼，一齐为粟涛加油鼓劲，这时他的心才稍微平静了一些。男同学也松了口气。

"停！"老师叫停了第一回合的比赛。两位选手的手停在了空中，同学们的欢呼声也戛然而止。"现在开始清点战果。"老师说着缓缓地走上讲台。大家不约而同地瞪大眼睛看老师数豆子，竖起耳朵听老师数。"粟涛夹的豆子，1、2、3……34、35、36。""36"，这是男同学第一回合的最后得分。这个数，让女同学的心一下悬了起来。"郑思雨夹的豆子，1、2、3……34、35、36……"，当老师数到"36"时，故意停顿了一下。大家用

第六部分　真善美的小世界

搜索的眼光扫描袋子，发现口袋里还有一颗。"37！"这个数从老师嘴里蹦出来时，教室里又立刻沸腾了，欢呼声、叹息声汇成一片……

接下来的二、三回合比赛，各位选手都表现得相当出色。男同学在第二回合终于扳回了一局，但在关键的决胜局比赛中，女同学一路杀来，遥遥领先，最终以多12颗豆子的优势战胜了男同学。

真是一场有趣的夹豆子比赛啊！

快乐的浪花

邹棋恒

连云港、日照三日游结束了，旅途中的快乐却如大海上的点点浪花，留在了我的记忆里。现采撷三朵，和大家分享。

浪花一：拥抱大海

洁白的浪花随着海浪冲来，多像是大海的手在招呼我们。眺望远处，天连着水，水连着天，没边儿没沿儿的。换上泳裤，戴上泳镜，套上救生圈，我赤着脚，迫不及待地投入大海的怀抱，冰凉的海水让我舒服得哇哇大叫。海浪一阵一阵地冲过来，真像在给我挠痒痒。我捧起海水，用舌尖舔了舔。呵，好咸！我躺在救生圈上，仰望着碧蓝的天空，耳听着阵阵涛声，随着海浪一起一伏，真是惬意。游客们都在尽情地享受大海赐予的快乐：沙滩上，有的或躺或坐，有的堆沙堡，有的捡贝壳；海水里，有的游泳，有的戏水，有的冲浪……整个海滨浴场飘荡着欢声笑语。

浪花二：赶海

海水渐渐退去了，沙滩上散落下许多奇形怪状的贝壳，长的，短的，大的，小的，圆的，扁的，五光十色，就像给金黄的锦缎嵌上了颗颗宝石。我和妈妈专挑奇特的捡，不一会儿，手里就装不下了。这些贝壳真有趣，这个像粉色的小玉鞋，那个像乌黑的瓜皮帽，这个像洁白的莲花，那个像透明的小碗。浪花跑去又跑来，像一群淘气的娃娃，也带上来一些小鱼、小蟹。我和妈妈挽起裤腿，跟着浪花跑来跑去，追逐那些调皮可爱的小鱼。"呀，一个又大又漂亮的海螺！"我迅速一抓。"哇，好痛！"原来，这个海螺里藏着一只寄居蟹，正用大钳子自卫呢，但最终还是乖乖地成了我的手下败将。这时，海里飘来一团团红色的东西。"妈妈！水母！别碰！"话音未落，只听得"哎哟！"一声惊叫，妈妈被水母蜇了一下，手顿时又红又肿，还隐隐作痛。同团的两个小朋友也"幸运"地被水母"吻"了一下，疼得哇哇大哭。

浪花三：随船捕鱼

船渐渐动了，船越来越快了，飞驰在碧蓝的海面上，溅起朵朵洁白的浪花，浪花拍打着船身，发出阵阵巨响。我和妈妈站在船头，一个巨浪打来，正好打在妈妈的脸上，海水进到妈妈嘴里。"好咸啊！"妈妈额前的头发湿了，衣服也湿了，都成落汤鸡了。要撒网了，船停住了，渔民把网打开，使劲扔到海里，网立刻就被冲到深深的海里，不见了踪影，只露出一根粗粗的拉网绳。船开始往回开，拉网的绳越放越长。快靠岸了，渔民用滑轮把沉重的渔网拉上船，把猎物倒在甲板上。收获还真不少，漂亮的海星，活蹦乱跳的婆婆虾，横行霸道的梭子蟹，还有那"可恶"的水母……我用小桶装了几只小蟹带回岸上。

哦，大海。你迷人，你可爱，你真像一个聚宝盆！

天使的翅膀

陈宇慧

小时候，妈妈对我说过："每一个孩子诞生在这个世界，都是上帝的天使降临人间。"我好奇地问妈妈："可是我为什么没有翅膀呢？"妈妈没有回答我，只是对着我微微一笑，她的笑容里有甜蜜，有希冀。

六岁那年，我独自在路边玩。我看到一位老奶奶拄着拐杖，看着来往的车辆。我走过去，说："老奶奶，我扶你过马路吧。"老奶奶满是皱纹的脸笑得像朵花，连声说："好，好！"其实说不清是我扶她还是她拉着我，因为我的个子只到她的腋下。过了马路，老奶奶爱抚地摸着我的头说："你真像一个小天使。"

七岁那年，妈妈教育我：一个女孩子要文静，不能像个"野小子"似的乱蹦乱跳。早上出门，我看到一位小弟弟在一棵树下哭鼻子，原来他的球挂在树上了。我想也没想，把裙子的下摆一扎，"嗖嗖"爬上了树，把皮球捅了下来。小弟弟破涕为笑了，说："姐姐，你爬树的样子就像个天使。"我看看被弄脏的衣裙，想起了妈妈要我做淑女的那句话，不过，我没有后悔。

八岁那年，妈妈要求我讲卫生，再也不能一天一套衣服换着了。傍晚放学回来，我看到邻居叔叔在搬家具，忙上前去帮忙。这些家具已经很长时间没用了，上面蒙满了灰尘，在搬的时候，我的衣服不可避免地被弄得脏兮兮的。我往脸上擦汗的时候，把脸也弄脏了。搬完了家具，叔叔捏捏我的脸蛋说："这位小天使很脏哦。"啊！我看着今天早晨刚换上的新衣服，知道回家又要挨训了。

不过，我不再问妈妈，我是天使，为什么没有翅膀的问题了。因为我已经知道，天使的翅膀在人的心里，一个人只要乐于助人，他就是天使。

141

第六部分 真善美的小世界

雏鸟初飞

陈小秀

今天一大早，陶为把我从睡梦中唤醒，说是去掏麻雀。我反正没事就跟着他去了。

我俩来到那片紧挨小河的小树林。树叶在阳光的照耀下，显得格外苍翠，露珠滚动，一有动静就从树上洒下来，就像下了一阵小雨。我们在一棵四五米高的槐树下停下来，树杈上有一个用草围成的像篮子一样的麻雀窝。我们隐隐约约还能听到一声半声雏鸟的叫声，我想它们的母亲一定为它们准备早餐去了。

陶为兴奋地嘱咐我："看我去把它们掏下来。"说完便在手心里吐了口唾沫，抖擞精神，三下两下就爬了上去。果然窝里有两只小麻雀，他连忙动手去抓。我仰着头瞪大眼睛看着，冷不防，一只灰色的小东西掉了下来。我刚伸手去接，可是晚了！只听它"扑"的一声掉到地上。也许是摔昏了，它贴在地面一动不动。

我自责动作太慢，忙弯腰小心翼翼地用双手将小麻雀捧起。仔细地端详它，只见它那嫩黄的小嘴边残留着点点血迹，眼睛似闭未闭，那羽翼未丰的双翅展开着，好像飞行的样子。也许小麻雀摔下来时呈半飞的状态，也许是地上的小草起到缓冲作用，小麻雀竟奇迹般的慢慢地睁开双眼，没有一丝悲哀，我察觉到它痛苦背后那刚强的精神。

我爱怜地看着它，过了好一会儿，那只麻雀开始动弹起来，扑打着翅膀，由慢变快，突然猛蹬双脚，奋力地飞了起来。它时高时低，左右摇晃。我真担心它会重新坠落下来。望着它渐渐远去的身影，我突然明白了一个道理，新生事物之所以有顽强的生命力，是因为它们有不怕挫折、勇往直前的精神，不管前面有多少艰险。

那只麻雀，它还不住地回头望，也许是在向我们表示感谢吧！

微　笑

张雨晗

世界上有许多笑，窃笑、傻笑、大笑，可我认为最让人高兴、最美丽的笑就要属微笑了。

有一次，考试结果出来了，数学成绩一向都是数一数二的我这次竟不到前十名。我心想："这次妈妈一定不会饶了我的。"我拿着考卷忐忑不安地走出校门，一眼就见到了妈妈。我一声不响地坐上了电动车，可一坐上去，我就感到好像有钉子在不停地扎我。回家后，我鼓足勇气，把考卷交给妈妈，小声说："这次不到前十名。"等待着屁股开花的我心惊肉跳。出乎意料的是妈妈竟微笑着，对我说："没关系，这次考不好，下次可要努力哦！"一个动人的微笑，一句看似平常的话，使我觉得一下子精神放松了。可见微笑的力量多么强大。

离竞选大队委的日子越来越近了，我也越来越紧张，有时睡觉也睡不着，可口的饭菜也吃不香。敏感的爸爸察觉到了我的不对劲儿，问："是不是因为要竞选大队委才这样的？"我刚想说不是，但转念一想："反正也瞒不过爸爸了。"于是我点了点头。爸爸微笑着对我说："不要紧张，听你演讲的人是来给你当评委的，你只要把你想说的说出来就行了。再说了，评上了咱们好好干，评不上，老师同学们也不会笑话你的。"看着爸爸那和蔼的微笑，我不那么紧张了，反而还自己鼓励自己加油，可见，微笑是鼓励人的最好方法。

其实，微笑很容易，只需嘴轻轻往上一翘，可是重要的在于你是发自内心的笑。给人一个微笑，会让他的疲劳感一下子无影无踪；给人一个微笑，会让他忧伤的心情变高兴。假如人人都会对彼此使用微笑，这个美丽的大家庭将更和谐、更美丽。

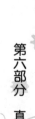

第六部分　真善美的小世界

亮晶晶的眼睛

龚适之

哪一本书可以获得这么崇高的声誉？——2004年美国青少年题材最佳文学作品；2005年美国纽伯瑞儿童文学金奖作品；《纽约时报》十大少儿类畅销书之一，还多次荣登亚马逊畅销书排行榜最前列。它就是《亮晶晶》。作者辛西娅·角畑为我们讲述了一个感人的故事。

姐姐林恩，妹妹凯蒂是生活在美国的日裔，她们生活拮据，处处为生活所迫。他们的父母每天工作在十个小时以上，可仍然改变不了穷苦的命运。这时，姐姐不幸又患有重病，永远地走了，但她留下了无限的希望。姐姐教给妹妹的第一个词就是"基拉——基拉"，在日语中就是亮晶晶的意思。她也教会妹妹用"亮晶晶"的眼睛来挖掘生活的美好，寻找人生的希望。

我常常听到这样的牢骚："人家喝牛奶，为什么我只能喝白开水？人家吃奶油蛋糕，为什么我只能吃面包？人家都带MP4，为什么我只能用MP3？人家……"

这么多的"为什么"，就像沙漠侵蚀绿洲，让我们原本绿色的心灵变成一片荒漠。其实，换个角度，用感恩的心看世界，在艰难中，你也能寻找出生活的希望！感谢初升的太阳吧，它带来了明亮的一天；感谢掠过的微风吧，它送来了花儿的芳香；感谢辛勤的父母吧，他们带给你生命和关爱；感谢友爱的朋友吧，他们给予你帮助和快乐；感谢挫折吧，它使你变得更加坚强勇敢……

"这个世界是光辉灿烂的，蟋蟀唧啾、乌鸦鸣叫、狂风怒号，都是平常事，谁又能说它们不是神奇而美妙的呢！"记住这句意味深长的话吧，让我们也能拥有一双亮晶晶的眼睛！

临窗的日子

马熙辰

我坐在窗前，过着临窗的生活。

窗子是透明的。外面的地上长满了小草，鲜嫩而充满活力。春天里雨水多，小草拼命地喝水、疯长，直到鲜嫩的叶子充满了绿色，似乎要胀裂、要流淌。晨曦初照时，我喜欢把窗子打开，清新的空气便飘进来，那鲜灵灵的韵味弥漫于沉闷的教室，沁人心脾，令人振奋。我想：也许我们的生活也需要一点新鲜空气才不会乏味，我们的心灵需要一点阳光和雨露才不会枯萎。

更多的时候，我喜欢看窗下那几棵平凡不过的树，透过阳光，似乎看见叶儿的脉络。偶尔，几只鸽子在树与树之间穿梭。风来了，它们倾听树叶沙沙的低语……不经意间再看看那高远的天空和休闲的白云，我觉得它们离我好近，我想在白云中卧眠，想在蓝天中漫步；我又觉得它们好远，好缥缈，似乎听见那遥远的云端有悠扬的箫声传来，我想知道那片宁静的蓝色有多远，那里是否有尽头……

临窗的日子，心是宁静自在的。在学习之余捧上一本好书倚窗而坐，一边享受凉凉的爽风，一边品味这份清闲。累了，趴在窗口，看外面深深浅浅的绿色，心不知不觉便溜达出来，与自然邂逅去了，归来时带着泥土的清香与生命的美好；倦了，倚在窗上，闭上眼听牛毛细雨轻击玻璃，那和谐的雨声，一点一点抹去我杂乱的心情，一滴一滴涤去我心灵上的灰尘……此时，只觉得自己心在窗外了……

临窗的日子心里充满诗意，我用心感受生活的真谛、生命的美好；我将心变成一扇窗，一扇透明的窗，时时打开，时时洗去心灵的污垢。

临窗而坐，体会一种意境……

145

第六部分 真善美的小世界

门前这条街

刘孟勤

我们家在街上租了门面，做起了生意，每天门口来来往往的人很多，树木不好栽。于是，有人沿着墙根，放些泥土，做了一个简易的花台。在不到一尺宽的长长的花台里，种着许多花草，远远望去，给我们这条街增添了许多生趣。

你看，什么夜来香、月季、牵牛花、玫瑰……更多的是家家户户从楼上牵下来的细绳，上面爬着各种植物，牵牛花、野蔷薇……还有不用爬绳的爬山虎。

我每天放学后，一做完作业，就会到街上走一走。看看这株，闻闻那棵。在夕阳的余晖中，夜来香发出阵阵香味，在空气中飘荡；月季争奇斗艳，为春天尽情吐着芳香；牵牛花顺着细绳向四面吹着喇叭，在为向上攀登的花蔓喝彩；玫瑰也不逊色，在微风中不断摇晃着自己美丽的身姿；而那爬山虎，则不断扩展着自己的势力范围，翠绿色的叶子有朝上的、有朝下的，铺满了墙壁……过往的顾客经过这条街，没有不停留下来欣赏一番的。

门前街道的垂直绿化，给人们居住的环境带来一片绿色，增添了生活情趣。每到傍晚，邻里相互欣赏，更增添了和睦的气氛。听妈妈说，城管部门春天里想统一规划的，当他们看到各户门前的自然风光，不禁连声赞叹，正是这条街道独有的特色吸引着众多顾客，各家的生意才如此红火。

我想，在越来越窄小的城市生存空间里，家家户户都搞一些垂直绿化不也大有神益吗？为了我们的环境，在城市的每一个角落多开发一些这样的垂直绿化，我们的城市同样是一片绿洲！

"傻"李

夏　天

在我的脑海里，时常浮现出一个阳光大男孩的形象：十二三岁，个子高得出奇，粗糙的脸蛋，扁扁的大鼻子，浓眉下的眼里闪烁着柔和的光芒。身着一件橙黄色的衬衣，头上反戴着一顶"耐克"棒球帽，手持漫画，脚踩篮球……虽然神气，却又平易近人。他就是全班的聚光点——小李。自打入学时起，小李便拥有了一个公认的外号——"傻"李。

"傻"李这人傻到什么程度呢？只要是老师、同学一句话，他保证是义不容辞，坚决完成别人托付的事。就冲这一点，"傻"李的人缘也是好得惊人。在班干部选举中，他以全票通过，打破选举记录。可不干不要紧，一干起来，有时可真让人气愤不已。就拿上次春季运动会来说吧。我们班破天荒拿了个第一名，同学们都兴奋不已。课下，班里狂欢，"傻"李也是闹得不亦乐乎。我悄悄凑到其耳边，轻声说道："行了，哥们儿，歇会儿吧！告诉你个秘密，我那百米，是小安帮我跑的，要不然，第一哪那么好得！"随后又对他使了个眼色，叫他千万别犯傻说漏了嘴。谁知他随即便向校长办公室奔去。得，准是打小报告去了。我急忙拦住他，"你没病吧？"我喊道，"得第一容易吗？"话音未落，他回了我一句："岂不是亏了其他班吗？""只要咱们仨不说，谁知道？"我说。可再一转身，"傻"李早已没了踪影。三天后，校长取消了我们班来之不易的成绩。从此以后，"傻"李的名号传开了，可谓无人不知无人不晓。

他就是这么一个乐于助人、为人忠厚、做事坦诚的人。唉！这小李，又怎一个"傻"字了得？

147

我把大海带回家

陈文萱

　　假期我参加夏令营，来到了朝思暮想的青岛。我终于见到了梦中的大海，如愿以偿地把大海带回了家。

　　站在游轮上，海上看青岛是另一种朦胧的美。看远处海天一色，游轮犁破平静的海面，翻卷起白色的浪花，海风吹乱了我的长发，小朋友们都兴奋地指点着远处朦胧的建筑物和山顶的云雾。不经意间回头，在甲板中间一块凸起的平台上，我发现一只红色的水桶，水桶里赫然盛着一只蓝色的带有橘黄色美丽图案的海星。我惊喜地蹲下来，这意外的发现让我激动不已，因为我很早以前就梦想拥有一只活生生的海星啦。拿起海星，它的身体硬邦邦的，像块图案精美的石头。听说海星是贪婪的食肉动物，可我找了半天也没看到它的嘴在哪里。真有趣，我把它买了下来，我要把大海的"孩子"带回家。

　　在通往栈桥的路上，各种各样的贝壳、海螺，琳琅满目，它们有的像一个暗红色的小塔，颜色由深到浅，一圈一圈盘旋到了尖尖的塔顶；有的像我最爱吃的冰淇淋，身上布满白色、黑色、黄色相间的条纹，而且条纹排列很有规律，一个条纹凹进去，一个条纹凸出来；还有的像冬天爷爷最爱戴的那只牙黄色"耳套"，只是上面布满了像田间沟垄一样的图形；更奇怪的是一只贝壳像极了海马。我把贝壳放在耳边，耳边便立刻响起了大海的声音。我买了四只，我要把大海的"声音"带回家。

　　对于我们这些第一次见到大海的孩子来讲，最喜欢的就是在大海里嬉戏了。一排排的浪花欢笑着、翻滚着，一浪赶着一浪向我们走来，我们抓起海底细细的沙子，打起了沙仗。

　　如玉小朋友最调皮，趁别人不注意便撩起海水泼去，然后迅速跑开，被泼得浑身湿淋淋的人自然不会善罢甘休，你泼我，我泼你，像过泼水节，不一会我们的衣服就都湿透了。反正衣服湿了，索性一不做二不休，干脆就游起泳来。皮肤和衣服的味道腥腥的、咸咸的，嘿嘿，我要把大海的"味道"带回家。

　　我把大海带回了家，我要让亲人、同学、朋友和我一起分享大海的美丽。

149

第六部分　真善美的小世界

阳台，记录我的快乐童年

叶莹莹

我经常站在阳台上，眺望美丽的虞山，还会俯视房子四周的田野，每当插秧季节，田野里就会传来农民们欢乐的谈话声。我闲着无聊时，便会拿着竖笛站在阳台上吹吹小曲儿，有一次竟引来了一些小鸟，不仅叽叽喳喳，还在阳台的花盆沿儿上小憩，口渴了还吮吸我放在杯子里准备浇花的水呢！

天气晴好时，妈妈就会搬出那张长长的躺椅，拿出被褥放在躺椅上晒太阳，等妈妈一走，我就脱鞋，钻进被窝，尽情享受阳光给予我的快乐。

夏季的夜晚，我们一家人便会搬着板凳、竹躺椅，拿着蒲扇走到阳台上吹凉风。夏夜星星特别多，密密麻麻，星罗棋布，我伸出手指数着天上的星星，可是怎么数也数不清，总是数了这颗，就忘了那颗。每次，我都会出神地凝望着镶嵌在夜幕上的星星。它们像无数闪亮的眼睛，带着深深的祝福温和地注视着我。记得在一个夜晚，天空十分明朗，满天都是星星，我和妈妈在这些星星当中找到了牛郎星和织女星，还领略到了银河的浩瀚。

每年夏末，奶奶总会把吃不了又卖不掉的青青毛豆，煮了放在阳台上晒成干。如果天气稳定，晚上就不会把毛豆干拿回屋里，只是用油布盖着挡露水。从此，我的吃毛豆干生涯就开始了，吃毛豆干成了我每天的必修课。放学回家，我迫不及待地上阳台吃一会儿毛豆干；做一会儿作业，我又去吃毛豆干；睡觉前我会在阳台剥出好多毛豆仁，上床后关掉灯偷偷地吃；有一次，半夜醒来，我竟然又来到阳台，吃起毛豆干，不小心惊动了妈妈，妈妈说，她还以为老鼠在作祟呢！哈哈哈！还没等毛豆晒成干儿，已被我吃了大半儿！

每到新年，许多人家都会放烟花，晚上我早早站在阳台上，可以欣赏许许多多绽放的烟花，色彩纷呈。"嘭"的一声，远处的烟花带着嘹亮的响声飞向了天空，一朵朵、一簇簇在夜空中绽放开来，赤、橙、黄、绿、青、蓝、紫，五彩缤纷，美丽极了。有时几颗珍珠炮飞上天，变成了无数的火花，在天空中闪烁了一会儿，便在漆黑的夜空中隐退了。看着这些烟花绽放，我明白了，烟花虽然很美，但它的生命璀璨一刹。比昙花一现更为短暂的花蕾，总在升到最高点才会绽放美丽，总是把最美丽的时刻留在生命的最后。一种消灭因为那刻骨铭心的美而获得了永恒，永远留在我的记忆当中。

阳台，这个小小的楼房上的小平台，虽然并不宽敞，但在这小小的空间，蕴藏着许多乐趣，记录着我的快乐童年。

真善美的小世界

王晓萍

感谢太阳公公，送来缕缕阳光；感谢百花姐姐，送来张张笑脸；感谢亲爱的爸爸妈妈，送来宝贵的生命；感谢敬爱的老师，送来有益的知识。有再多人需要感谢，也不要忘了感谢上苍，派来了三位天使般可人的真、善、美小姐姐。她们教育了我，让我感受到"真"的单纯，"善"的淳朴，"美"的独特。

真姐姐把真种子播在一个可爱的女孩身上。女孩从不撒谎，无论她家背景如何的悲惨不幸，她都会如实地告诉同学们，带着微笑，流露出真爱，不求怜悯和同情，开朗活泼的她，袒露真心，笑对生活。

善姐姐把善种子播种在一位年过花甲的老奶奶身上。老奶奶乐于助人，爱惜各种小生命，即使是墙角的一丛小草也不例外。她从不践踏草坪，采摘花草。同时如果有人这样做，她会和蔼可亲地对他（她）说："世上所有东西，都是有生命的，只要你富有一颗善良心，就不会伤害它们了。"听了这句话的人，都羞愧地低下了头。

美姐姐把美种子撒在一个菜农身上。他卖菜从不占顾客的便宜。他公平公正，称重时，总会把沾满露水的菜，甩一甩，再放到秤盘上。有时候，他因计算失误，多收了顾客的钱，他就会追上去还给顾客，一点都不迟疑。有人对他说："你真傻。呵，响当当的钞票就这样擦肩而过。"对此，菜农只是摇了摇头，笑一笑，他从不后悔自己所做的一切。

现在，真、善、美三位小姐姐继续在世界各地播撒种子，创造真善美的世界。

听呀，种子萌发那如叮当般清脆的声音；

看呀，嫩芽伸长那青翠欲滴的叶子；

闻呀，开在枝头那争奇斗艳的花朵；

感受呀，百里飘香的真善美。

我最喜欢的一句话

翟晓燕

世界上的名人名言有许多，每一则名言都能给人以启示。我最喜欢的一句话是霍华德曾说过的："我们每一个人都需要一个保罗，一个巴拿巴，一个提摩太。"

保罗代表着生活中能够为你提供精神引导的人。我的保罗是爸爸。每当我遇到挫折，即将倒在困难面前时，爸爸总会对我说："不要怕挫折，战胜胆怯，勇敢地向困难挑战，你一定能够成为赢家。爸爸永远做你的启明星。"每当我听到这些话时，心中的大海便会澎湃，战胜挫折的信心就会十足。

巴拿巴是你最好的朋友，他（她）与你的关系比亲人还要亲。他（她）可以在你失败时，为你哭泣；在你成功时，为你喝彩。我的巴拿巴是雨思。每当我心情失落而导致成绩下降时，她总是告诉我："看到你这样，我的心情也不好，有什么事说出来，我会为你分忧。"我看到她说话时真挚的眼神，总会大哭一场。雨思为我哭泣，为我喝彩。我真的很需要她。

提摩太是生活中视你为"保罗"的那个人。他（她）很崇拜你，是你的信仰者。我的提摩太是崔晶，她希望我永远快乐，希望我的成绩好。每当我缺乏信心时，她总是鼓励我："你真的很棒，自信去面对吧，我期待你的成功。"每当我看到她对我竖起大拇指时，我真的很感激她。她让我有了勇往直前的动力，让我时刻做得最好。

朋友，你的保罗、巴拿巴、提摩太各是谁呢？如果你还没有这些朋友，赶快去寻找吧。切记"我们每一个人都需要一个保罗，一个巴拿巴，一个提摩太"。他们是我们生活中不可缺少的人！

第六部分 真善美的小世界

阳光很快乐

王佳楠

夏日里，天气闷热，火辣辣的太阳晒得大地直冒烟，热得在教室里的我直扇垫纸板。

张老师说："阳光是快乐的。"此话一出，全班同学一下子目瞪口呆，"这么火辣的阳光怎么会快乐呢？"教室里一下子像炸开了锅。

我却不以为然，因为我早就知道，阳光非常快乐。因为我有一个新的起点站。

我来到小河边，看着河面发呆，偶然间发现，湖面上波光粼粼，这是阳光在创作，看来，它有了灵感。只有快乐的人，才会有灵感，也只有有了灵感的人，才能创作，所以，阳光一定非常快乐，它才会对我们这么温和。看了这番景象，我着迷了，猛然想起高尔基的《童年》里叙说的一段话，那就像伏尔加河上的一片收获前的景象，阳光快乐地在河面上洒着金色的光环，阳光是快乐的。

154

在明朗的天空上，还有些彩虹，赤橙黄绿青蓝紫，争奇斗艳，把天空染得五光十色。

白云悠悠，阳光躺在白云上，拿着镜子，反射着刺眼的光芒。我们被晒得一会儿闭眼，一会儿睁眼，似乎连阳光的死对头墨镜也阻挡不了。整个世界仿佛变成了黑白两色。阳光多么顽皮，一定是遇到了什么快乐的事啦！哈！阳光多么快乐！

生活中的美是无穷的，生活中洋溢着生机与活泼，就连阳光也那么的快乐，何况，孩子那一颗温暖而闪烁着光芒的童心呢！

生命只有三万天

罗名君

前些日子看书时，看到俄罗斯圣彼得堡的埃尔米塔日博物馆，其藏品多达三百万件。后来，忽然想起，要是每件展品看一分钟，这三百万件需要多长时间呢？拿来计算机算了一下，结果让我大吃一惊：是5.7年！

由此生出一份好奇心：一个人的生命以分钟计算的话，会是多少呢？一个八十岁的生命，是420768万分钟。好奇心继续起作用：如果按天计算呢？八十岁的生命是29220天。怎么这么少！

我还记得朱自清的文章《匆匆》，文章语句优美，字里行间透出作者面对时间匆匆逝去的无奈，以及透过这种无奈要告诉我们的道理——要珍惜时间。

"在逝去如飞的日子里，在千门万户的世界里的我能做什么呢？只有徘徊罢了，只有匆匆罢了。"作者在文中道出他的茫茫然，让我也不禁茫茫然了。

风儿从水上走过，留下粼粼波纹；阳光从云中穿过，留下丝丝温暖；岁月从树林走过，留下了圈圈年轮，朋友，我们从时代的舞台走过，留下了什么？

当我坐在温暖的阳光下游戏时，时间便从我身边一溜而过；当我在操场上溜达时，时间又像风一样呼啸而过；当我在看电视时，当我聊天时，当我……我们每时每刻都在不知不觉地浪费时间。

朱自清这样为人类留下许多著名作品的人，都感慨自己一无所成。那么渺小如蝼蚁的我们的生命同样只有三万天。假使我们从出生时手里就握着三万支蜡烛——清晨点燃一支，夜晚熄灭……想想看，现在自己的手里还有多少支生命的蜡烛？是两万支，还是一万支，还是几千支？

好好珍惜吧！用它们的光和热，照亮别人，也温暖自己……我对自己说。

第六部分 真善美的小世界

闪光的位置

高媛媛

三尺讲台下，端坐着六十来个学生。他们的眼睛齐刷刷地望着老师。鲍老师紧皱着眉头……

因为老师每次排完位置后，总会有人跑去"诉苦"。"老师，我与她差不多高，可她脑袋大挡着我。""老师，我近视了，你给我挪前面一点。""老师……"他们说出一大堆理由，要求老师换位置，因为每个人都想坐在自己喜欢的位置上。我当然也不喜欢鲍老师今天给我安排的位置——第八排第七座。原来的主人因为近视，现在只好委屈我了。

闷闷不乐的我走出校园，嘟着嘴在公交站牌下候车。远处，一辆蓝色公交车慢慢驶来。看看两边，人们都蓄势待发，准备在车门打开时一展身手，我也不例外。"嗞——"车停下，门开了，大家一拥而上。不一会儿，车子满载着"欢声笑语"的人们向前驶去。

"嗞——"的一声，车子抵达了下一站。门开了，一位衣衫破旧、满头银发的老奶奶颤颤巍巍地走了上来。她佝偻着腰，看着满车的乘客不知所措，手上那破旧的大竹篮放也不是，挎也不是，看样子是郊区卖了菜赶回家的农民。要是平时我可能会让，这么大年纪出来卖菜挺不容易，可今天换位置的事儿使我心情糟到极点，何况车子那么挤，我又坐在最后一排……我正犹豫着，站在门边的一个青年人已扶住身子前俯后仰的老奶奶，说时迟那时快，一位干部模样的中年人快速站了起来："老人家，坐这里。"周围的好几位乘客几乎同时站了起来。一位少女抢先一步，小心翼翼地搀扶着老奶奶坐下。"谢谢，谢谢好心人……"老奶奶那布满皱纹的脸舒展成了一朵盛开的山茶花。

一瞬间，那一个普通的座位变成了一个闪光的位置。望着老奶奶那感激的笑容，我忽然明白了，对，"八排七座"也会成为一个闪光的位置！

垂钓之乐

高奔越

"蓬头稚子学垂纶，侧坐莓苔草映身。路人借问遥招手，怕得鱼惊不应人。"放学回到家，我就给"钓鱼迷"——爸爸背诵今天学到的古诗。爸爸得意地说："怎么样？钓鱼确实有趣吧！"

周末，爸爸又准备去钓鱼，我便好奇地跟着去了。

来到岸边，只见爸爸取出鱼竿，把鱼饵套上鱼钩，然后甩起鱼竿，把钓线抛向远处。鱼饵划破水面，沉入水中，水面上漾起了一圈圈细小的波纹。

我目不转睛地盯着水面，水面很平静。过了好一会儿，只见浮标轻轻一动，鱼竿弯成了弧形，爸爸小心翼翼地把鱼竿拖出水面。哇！一条足有半斤重的鲫鱼。爸爸连忙把鲫鱼提到了岸上。

看着活蹦乱跳的鱼儿，我的心也痒痒的，在我的央求下，爸爸答应让我试试。

我照着爸爸的样子，心却有些迫不及待，不时地晃动鱼竿，等了半天，也没见一条鱼上钩。看着我着急的样子，爸爸说："钓鱼要有耐心，不要乱晃鱼竿。"听了他的话，我沉住气，不一会儿，鱼竿猛地一沉，爸爸在一旁高兴地说："鱼上钩了！"在爸爸的帮助下，我钓起了一条小鲢鱼。

晚归的时候，我们钓了十多条鱼，大约有五六斤重。看着满满的鱼篓，心里别提有多高兴了！

坐在晚餐的桌旁，品尝着自己的劳动成果，我不由自主地又吟起了："蓬头稚子学垂纶，侧坐莓苔草映身。路人借问遥招手，怕得鱼惊不应人。"客厅里荡漾着一片笑声。

快乐的暑假生活

高 天

暑假里，有的同学去课外班学习，在知识的海洋中遨游；有的同学在家中努力，准备开学后的考试；而我则与父母到各处游玩，放松心情，其中奶奶家是最令我向往的地方。

在奶奶家，每天的生活都是那么悠闲，我像一只自由自在的小鸟，无忧无虑地飞来飞去。一会儿和爷爷放风筝，一会儿与奶奶逛公园。高兴时，与大家说说自己喜欢的事儿，好不自在。

每逢亲人团聚，更是热闹非凡。一天，在外地工作的叔叔回来了。奶奶准备了一桌丰盛的大餐，迎接他的归来。我是家里的"小机灵鬼"，有什么事儿都少不了我。为了让这次团聚更加有声有色，我想出了一个鬼点子——傣族人互相祝福的方法是用水泼对方。何不用水祝福叔叔呢？一番思考后，我决定采用"水气球"。时间一分一秒地过去了，一家人都焦急地等着叔叔的到来。特别是我，更想看看叔叔被"水气球"砸到时的狼狈相。下午四点，叔叔开车进院了。车门刚一开，叔叔便迎来了"步步高升"的水气球。正在他惊慌失措之时，"日进斗金"的水气球，又弄得他措手不及。叔叔抬头向上望，刚好迎面又撞上了"欢天喜地"的水气球，变成了十足的落汤鸡。看到这里，连一向不爱笑的爷爷也情不自禁地捧腹大笑。一家人笑得前仰后合，每个人都沉浸在欢乐之中。

说过趣事，再来谈谈我在奶奶家的新朋友——因特网。这位好朋友，让我从一个"电脑盲"变成了"电脑通"。最令我开心的还是新安装的对弈软件。在那个世界里充满了对手，等待你去征服。你可以与棋友交流心得体会，谈论实战经验，和你的对手一对一地训练；还可以看电脑里一个个精彩的题型，了解最新的围棋新闻，学到更多的知识。因特网为我的暑假生活平添了几道亮丽的色彩，让我感受到了来自虚拟世界的另一种快乐。

啊，在奶奶家过暑假，真快乐。

我堆沙，我快乐

徐伟吉吉

我们学校的操场边上，有一个长方形的沙坑，里面铺了一层厚厚的、又细又软的黄沙，在阳光的照射下，金灿灿的沙子格外耀眼。那里可是我们课间玩耍的好去处。

清脆的下课铃声响了，老师刚转身离开教室，我们就迫不及待地冲出教室，飞快地奔向沙坑，堆起沙子来。我首先用灵巧的小手把地面上的沙子慢慢合拢，做成一个突起的沙包，再捧来一些沙子，站起来，撒在突起的沙包上，手中的黄沙渐渐滑落，就像天上下起了沙雨。过了一会儿，突起的沙包变大了。我找来一些光滑的鹅卵石，围在沙包的四周，最后又在上面撒上细沙。这样，一座"高山"就大功告成了。我绕着"山"又蹦又跳，连声欢呼。由于我这沙山很特别，吸引了旁边的同学也来和我一起堆沙，我们一口气堆了许多"山"。它们连绵起伏，高高地挺立在沙坑中。此时，我的眼前仿佛真的出现了许多座拔地而起的高山，它们形态各异，险峻陡立，山上长着郁郁葱葱的树木，盛开着各种各样的野花，漂亮极了。

"山"堆好了，我们就开始做"山"间的小路。首先，我们捧来一些沙子放到两座"山"之间的地面上，接着把双手放在那些沙子的两旁，再用双手快速地一合，这样沙子就立了起来，慢慢地形成一条小路。我们用这些蜿蜒的小路把"山"连到了一起，站在不远处看，弯弯曲曲的"小路"，好似一条长龙盘旋在"山"中。

看着完成的作品，我真渴望有机会到广阔无垠的海边，站在细软的沙滩上，堆一座漂亮的城堡，让我在其中尽情地玩耍、嬉戏……

多么可爱的沙坑，多么有趣的堆沙。虽然此时我身上、头发上都撒落了许多沙子，但还是非常开心，因为，我堆沙，我快乐！

第六部分　真善美的小世界

喜欢做女孩

张晓晨

我是个女孩，极普通的女孩，可我觉得做女孩是最幸福的。

每当夏天，女孩就穿着漂亮的衣裙在草地上快活地玩耍。走起路来，那裙子就好像有了生命，不断地跳跃着，女孩转起来，裙子就开了花。那种自信，是男孩子感觉不到的。

女孩的发式也是千姿百态的。可以梳个羊角辫，走起路来，一上一下可爱极了；也可以把乌黑的长发披在肩上，看上去就如一道黑亮的瀑布，从脑后直泻而下。女孩还可以把漂亮的蝴蝶结缚在长发上，可以在头发上夹五颜六色的发夹，还可以……总之，女孩子可以随心所欲地打扮自己，使自己更加光彩照人。

做女孩不必像男孩子那样装出一副坚强的样子。伤心时，可以坐在楼亭的一角抽泣，也可以"哇哇"大哭，哭个痛快。开心时，可以放声大笑，可以抿嘴微笑，可以轻声嬉笑……笑得像个艳阳天。

男孩说我们忸忸怩怩，喜欢撒娇，可我不这样认为。我们女孩子不但心灵手巧，运动场上我们也能和男孩子一争高低。我们也喜欢爬山、远足，玩儿起来比男孩子都疯狂，会让男孩子佩服得五体投地。

我就喜欢做女孩。

最伟大的推销员

王佳

十一长假，一场小商品展销会在荷花路上拉开了序幕。我拉着妈妈去凑热闹。远远就看见前面一个摊位被围了个水泄不通。我挤进去一瞧，原来是一位叔叔正在推销一种新型切菜器。

大概是走南闯北的缘故吧，叔叔的脸黑亮黑亮的。他身板儿壮壮的，说起话来底气十足。一个个字就像热锅里的一颗颗豆子，"噼噼啪啪"炸得欢；又像刚从地里拔出来的嫩萝卜，脆生生的。

叔叔的手儿真巧，他一会儿切片儿、条儿、丝儿；一会儿切三角、四棱、宝塔、梅花；一会儿剁泥，一会儿雕花……他用胡萝卜切出来的宝塔栩栩如生；用白萝卜切出来的丝儿真比银丝面条还细；用西红柿雕出来的花儿能以假乱真了。看着看着，我觉得自己仿佛正在欣赏一场精彩的艺术表演。

叔叔手上的功夫一流，嘴上的功夫更是超一流。他那两片嘴皮子，简直就是两片快板儿。不信，你听：他夸切菜器用途多——"春削苹果夏削梨，四月五月打瓜皮，春秋两季节切土豆，怎么用都不生锈！"他夸切菜器本事大——什么"切细丝，切细丝，赛过江南美女的头发丝！"他夸切菜器使用方便——什么"一横一竖一交叉，土豆萝卜都开花。"……真不知道叔叔的肚子里装着多少推销词，说了老半天，竟没有重复的，又幽默又顺溜儿。嘿，比听相声更过瘾！不光是我，大家都听得津津有味。人群里不时爆发出一阵阵欢乐的笑声。

一拨一拨的人走了，一拨又一拨的人围了过来。妈妈催了我好几次，我就是舍不得离开。这位叔叔是我见过的最伟大的推销员！

161

第六部分 真善美的小世界

第一场雪

杨 乐

当冬姑娘迈着轻盈的步伐向我们走近时，她还带来了美丽的白雪公主。这就是入冬以来的第一场雪。

大雪下了整整一夜，第二天早上，我推开窗户，看见外面成了白雪皑皑的世界。地上、树上、房子上……到处是白茫茫的一片。太阳出来了，把大地照耀得格外美丽，好像架起了一座座彩虹桥，这时的城市已变成了一个粉妆玉砌的世界。

"忽如一夜春风来，千树万树梨花开。"外面各种树上有的挂满了亮晶晶、毛茸茸的银条；有的挂着沉甸甸、蓬松松的银球。远远望去仿佛盛开的梨花，美极了。这时，几只小鸟落在树上翩翩起舞，抖下来了几片雪花，像玉屑一样飞落下来。在阳光的映照下，形成一道道美丽的彩虹，真是美丽极了。

162

我急急忙忙吃完早饭，踏着厚厚的积雪去上学。

走进校园，景色更加壮观。操场上的小松树都挂满了白茸茸的雪球。微风吹过，树枝一颤一颤的，仿佛向我们点头问好。花坛里已经叶枯花落的花木，这时又开满了朵朵白花。广阔的操场地面上，像是铺上了一个奇大无比的席梦思，白而轻软，我真想躺在上面睡一觉。

在操场上有不少同学在尽情地享受第一场雪的乐趣。他们有的堆雪人，有的打雪仗，还有的滚雪球儿……欢声笑语此起彼伏，久久在操场上回荡。小红堆的雪人最惹人喜爱，圆圆的脑袋，黑黑的眼珠，红红的鼻子，大大的嘴巴，正向我哈哈大笑呢。

俗话说："瑞雪兆丰年"。我相信，明年的庄稼一定会很好。多么及时的一场雪啊！我爱你，入冬以来的第一场雪。

我是一颗小米粒

李丰雯

我是一颗小米粒，被一个小朋友遗弃在水池里，我伤心地哭了。

小朋友们，你知道我是怎么来的吗？让我来告诉你吧。

春天，农民伯伯把一颗颗金黄饱满的稻谷播种到土壤里。土壤好暖和呀！稻谷妈妈吸足了水，变胖了，金黄的外衣也被胀破了，嫩绿的小芽就钻了出来。它不停地往上长呀，长呀，终于，它钻出了泥土。哇，外面多美呀，绿绿的树，红红的花。小芽深深地吸一口气，决心和大树比个高低。可是，小芽刚长高一截，杂草和小虫儿就联合起来欺负它，抢它的营养，咬它的叶子，喷雾器爷爷看见了，急忙赶来，杀死了杂草和小虫，小芽得救啦！日子一天天过去，在农民伯伯的精心照顾下，小芽已长成秧苗了，长长的绿叶，高高的枝秆，别提有多神气了。

夏天到了，太阳像个火球，把秧苗妈妈烤得口干舌燥，妈妈把根拼命地往泥土深处伸去，想喝点水，好解解渴。可是，只有一点儿水，怎么够呢？这时，农民伯伯顶着烈日来送水了，秧苗妈妈才喝足了水。

秋天，稻谷妈妈结出了一颗颗饱满的稻粒，可贪嘴的鸟儿管不住自己的嘴，来偷吃稻粒。稻草人叔叔看见了，赶紧来帮忙，鸟儿们吓得慌忙飞走。从此，稻草人叔叔一直陪伴着稻谷妈妈，鸟儿们再也不敢来偷吃了。

终于，收割的日子到了，割稻机大哥把我和妈妈分开了，可我一点儿也不伤心，因为我要去为人类做贡献。不久，我们就被送到了加工厂，脱去了金黄的外衣，变成了雪白雪白的小米粒。

我多想为你们的健康出一份力呀，可是，你们却无情地把我抛弃在水池里。亲爱的小朋友们，"谁知盘中餐，粒粒皆辛苦。"请珍惜那一颗颗不起眼的小米粒吧！

第七部分

街头有把美丽的伞

　　秋风习习，果实累累迎来了秋色宜人的"金姑娘"。高粱举起了火把；枫叶像喝了酒似的，红扑扑的脸蛋更惹人喜爱。我随着爷爷来到田野上，学着大人的样子一起收起谷穗。芒针不时刺在我的手上，痒痒的。我嘟着小嘴，一不高兴，就坐在大树底下睡着了。"呼噜、呼噜……"爷爷来到我身边，拿起狗尾巴草轻轻地擦着我的鼻孔。"阿嚏"，田野里传来爷孙俩的欢笑声。

　　呼呼的北风带来了冬姑娘。大地披上了银装。这儿可是我们打雪仗的乐园，雪地里留下我们凌乱而又快乐的脚印。

　　童年的快乐，将永远鲜亮地留存在我的脑海中……

——韦旭《童年》

"抄人"

岳昊博

在我们班上有这么一个人，他长得其貌不扬，却非常引人注目。你从同学们送给他的"抄人"这个绰号中，就能猜到他身上准有许多有趣的事情。

你看，他额头的那一小排刘海儿像一扇门帘从前额上垂下来，把那双戴着眼镜闪着亮儿的眼睛都盖住了。他的那张脸就更有意思了，因为这里蕴涵着丰富的表情。高兴时，眼睛眯成了一条缝儿，咧开了大嘴哈哈地笑；而眼睛瞪得像玻璃球，那肯定是他生气的时候。他身上最有特点的地方，就是左手食指上有一个红红的猴痘，像一个正在攀爬高峰的运动员。

他爱抄别人的作业，一年级时，因为偷抄作业，曾受到罚写500字检讨的处分，自己挨了一顿板子与屁股的亲密接触；二年级时，他总结了经验教训，技术更高了，用手挡住眼睛，再从手指的缝隙间来抄作业，可还是被老师抓了个现形；三年级时，他又长了能耐，利用镜子的反射原理来抄同桌的作业。但他只用了五六回，就不敢再看了，因为他的眼睛余光告诉他，老师一直在瞪着他。还有一次就更有意思了。那是一次美术课考试，他趁监考老师没注意，又看了同桌的作品，画得与人家一模一样。本想能得一个高分，结果老师说，相同的画，美术考试不给分。害得同桌好长时间不和他说话。

现在，他已经上六年级了，学习已经越来越好，成绩在班里都名列前茅了。他认识到自己是一个小男子汉了，诚实是做人的根本，他不会再让自己的屁股和板子亲密接触了。

大家一定想知道这个小男子汉是谁吧？他就是我——岳昊博。

唉，集体舞……

俞睿浩

一说起集体舞，我就头痛。为什么呢？请听我慢慢道来。

开学时，体育老师就告诉我们要跳集体舞。全班同学的嘴立马张成了"O"形，要知道这集体舞是男生和女生搭配跳，而且要手拉手！

唉，跳集体舞真是让我们这些大男生英雄气短啊！开始学跳集体舞了，我故作镇定地把手伸了出去，眼睛却不敢看对方一眼。当女同学轻轻地把手放在我手掌上时，我感到脸上有些热辣辣的。但顾不上那么多了，老师已经开始教下一个动作了：先把手臂弯曲，把手掌轻轻放在前胸，再向外伸展，我一下子就学会了，而且自我感觉动作潇洒大方，看来这集体舞也并不难学嘛。我们专注地看着老师的动作，继续认真地学着。接下来的一个动作是两位同学双手握着，先是手臂往里收，再往外伸，感觉就像是轻轻摇动小船，荡舟碧波上一样。

经过不断的练习，我对集体舞的动作越来越熟悉，也渐渐地没有了开始时的害羞感，取而代之的是大方自然。我对自己的鞠躬动作尤为满意，右手掌优雅地放在前胸，左手放背后，然后慢慢弯腰，多么有绅士风度呀。这时，我开始有些飘飘然了。

今天，我们在操场上开始了全校性的第一次表演。我想可得好好地展现一下我的绅士舞步。我认真地跳着，可我的舞伴却一点儿也不配合，动作一会儿快，一会儿慢，害得我连连踩她的脚，一脸尴尬，原先的那点"绅士风度"也就荡然无存啦！

唉，集体舞，你怎么这样捉弄我呢？

167

班级里的孟老蔫

董哲宇

我们班有个叫孟凡钊的同学，我送给他一个雅号——孟老蔫。

他小小的眼睛，胖胖的脸蛋。不笑便罢，一笑起来眼睛就被脸上的肉挤没了。

上课老师提问，他从不举手，点名问他，他慢慢腾腾地站起来，回答问题的声音太小了（比蚊子声大不了多少），堂堂男子汉，却像一个害羞的姑娘。害得老师把脖子伸得长长的，还是听不清。有时把我急得直跺脚，就冲他的屁股掐两下，边掐边说："大声点！大声点！"但根本不起作用。一下课，同学们都欢天喜地跑向操场，他呢，还静静地坐在座位上，看看书，削削铅笔，你跟他说话，他只是"哼！""哈！"答应了，再无半字。

要说蔫人大都有涵养，这话一点不假。有一次，我们班个头最小的刘凯悄悄躲到孟老蔫身后，瞄准他的屁股就是一个飞脚，因为孟老蔫太胖了，所以不但没踢倒，还把刘凯自己给弹倒了。哎哟，摔得四脚朝天揉着屁股直咧嘴，那狼狈相，笑得我直捂肚子。孟老蔫回头一看，连忙过去扶他："对不起，对不起……"我心里纳闷了：明明是刘凯先踢你的，他自作自受，你道什么歉呢？

蔫人心里有数，这家伙学习成绩好着呢，回回考试第一名，同学们选他当了学习委员。别说，你要是有不会的问题问他，他还真打开了话匣子，滔滔不绝，口若悬河，直到给你讲会为止。

你说这孟老蔫是不是个怪人？

168

被关照的一天

王有为

每当想起那件事，我的脸便会红到脖子根……

记得，那是一个寒冷的冬天，滴水成冰，大地冻得像铁块一样。在这样恶劣的天气里，学校仍然坚持出操，说实话，我真不想去呀，可是有什么办法呢？忽然，想起那天殷昊泽肚子疼，老师就允许他不出操。对了，我何不装病不出操呢！

于是，下课的铃声一响，我就趴在课桌上装起病来。老师看见了，走过来说："王有为，你怎么了？"我捏着鼻子半闭着眼，装出一副痛苦的样子说："我……我肚子疼……"老师关切地说："那你好好趴一会儿，今天就别出操了！"我一听这话心中暗喜，又怕被老师看出来，装作有气无力的样子点了点头。

我隔着窗子看见同学们迎着大风做操，不由得把手放在暖气上，一阵暖意弥漫开来。可不知为什么，我的心里感觉很不自在。下了操，同学们围在我身边问这问那，还有的说："用不用送你去医院？"我说："不要紧的……"

下了第三节课，同学们都出去玩了，只有我怕露馅，忍住发痒的脚，没敢出去。上第四节课的时候，老师讲得非常生动，我一时竟忘了"生病"，忍不住举起手来。当我答对老师的问题时，老师表扬我说："你们看看，王有为同学生病了还能积极正确地回答问题，大家应该向他学习。"听了老师的话，我的心里很不是滋味。

放学了，该我们组值日，老师对我说："今天不用你值日了，你先走吧，让家长领你去看看医生。""老师，可是……"还没等我说完，老师就说："别可是了，赶紧回家去吧！"顿时，我的心里像打翻了五味瓶般不是滋味，我背起书包，迈着沉重的脚步走出了教室。

这一天，我虽然处处被关照，可是心里很不舒服。这件事始终印在我的脑海里，它时时刻刻告诫我要做一个诚实的人。

别让我心碎

黄逸文

班上的玻璃窗时时受到"伤害"，气得班主任不是让大家写检查，就是念检讨。没想到，今天，我竟然……唉！这能怪我吗？"飞毛腿"李飞从我的桌子上"飞"过去，还"蜻蜓点水"似的印上了脚印，真把我气得直冒火。难怪他父母给他起名带个"飞"字，看来他真是能"飞"，竟然飞到我的"头"上了！"哼，看我怎么收拾你！"我把拳头往他跟前一伸，谁知没打着他，反而打在了玻璃上。"哗啦"一声，玻璃碎了，我一下子变成了"木头人"。看来今天是大祸临头了，那可是"损坏公物"的名声呀！我耷拉着脑袋，等待"暴风骤雨"的到来。

"老师来了……"同学们小声说道。我心跳加速，"扑通扑通"。老师走进来，扫视了一下教室，目光落在了被打碎的玻璃上。天哪，这下可是罪证确凿呀！可不知怎么回事，一切"风平浪静"，老师的目光又回到了大家脸上，说："同学们，今天我们来写一则公益广告。写什么呢？大家就围绕玻璃来写，因为玻璃也是有生命的呀！"教室里静悄悄的，温和的话语有时比严厉的训斥更有威慑力。大家好像已经明白了老师的用意，用心写了起来。看着被打碎的玻璃，此刻我似乎听到了玻璃哭泣的声音。于是我动笔写下了"别让我心碎"这则广告语。同学们也纷纷动笔写了起来："让我们一同享受阳光"、"我怕疼"……一则则广告语，如一句句温暖贴心的话语，拉近了我们与这些朝夕相处的"朋友"间的距离。看到这些广告语，老师舒心地笑了。课后，同学们纷纷跑到窗前，把这些广告语贴了上去，有的还给窗户贴上了花边、窗花。窗户变了，变得美丽，变得春意盎然了。

从此，"别让我心碎"成了我们的顺口溜。

170

飞起来的蒲公英

叶雨婷

每一个童年，可能都有关于蒲公英的记忆。

——题记

每当我看到路边长着一株蒲公英，我就想起小时候吹蒲公英时的情景，想起奶奶对我说的蒲公英的故事。我当时并不在意它的精神，只是想用力吹起那些毛茸茸的"小伞兵"。我记得，当它们被我用力吹起来时，它们飘呀飘的，慢悠悠地落在地上，我开心地跳起来。

那时，我大概六七岁吧。放假了，奶奶带我来到田野上，我很少去那里，就东张西望地摸摸这儿，碰碰那儿，睁大眼睛观察着每一样东西。风一吹，田野里的麦子、小树都向着风吹的方向倾倒过去，风一阵接一阵，麦子仿佛一浪接一浪地滚动，可爱极了。风小了，我转身一看，啊，这是什么，它们像一把把撑开的小伞，慢慢地飞起来，白白的，毛茸茸的，真是惹人喜爱！我很喜欢这毛茸茸的东西，就四处找，啊，我眼前一亮，便看见了它们。有一个已经是光秃秃的了，一个还有几根，我轻轻一吹，它只是倾斜了一下，我用力地吹，如我所愿，它飞了……我看见它们飞在泥土里、路上，好好地在一起的蒲公英就这样"四分五裂"了。

奶奶笑呵呵地告诉我说："这个叫蒲公英，成熟后风一吹种子就会飞起来。""那为什么会飞起来呢？"奶奶的话引起了我的好奇心。"因为，它们要找家，然后自己成为一株蒲公英。它们的生命力可顽强啦，不论落在泥土里还是石头缝中，它们都会长大的！人只要活着，就得为自己争气，就要像'小伞兵'一样自强不息。"

自从那次与蒲公英接触后，我就经常去田野里，一边吹蒲公英玩儿，一边想着奶奶的话。

第七部分 街头有把美丽的伞

街头有把美丽的伞

王紫懿

　　不知何时，小街旁竖起了一把高大的广告伞，伞下摆放着一个现做现卖米团的点心摊，摊主是一位中年妇女，其貌不扬，衣着朴素。每天上学我都要从大伞旁经过，有时竟懒得瞥上它一眼，就远远地把它甩在身后。然而，今天我却深情地凝望了它许久。

　　早上，我睡过了头，接过妈妈准备的早餐费就匆匆出门了。外面好冷，寒风飕飕地灌进衣袖，我赶紧攥紧了袖口，直奔街头的那把大伞下。大伞下，人头攒动，热气腾腾，弥漫着阵阵香甜的气息。摊主阿姨一边手脚麻利地忙碌着，一边热情地招呼着顾客。"阿姨，买个甜心米团。"阿姨点了点头，娴熟地抓起一团珍珠般晶亮的糯米饭，放在洁白的塑料纸上，然后均匀地撒上乌黑喷香的芝麻，又撒了一小勺白糖铺上。接着，阿姨双手合拢，来回揉搓，眨眼间，一个诱人的米团做好了。我舔了舔嘴唇，连忙掏钱。谁料，像蒸发了似的，口袋里空空的。我急了，又翻遍了整个书包也不见一分钱的踪影。真倒霉，肯定半路上掉了没察觉。这可怎么办？我一脸尴尬，不知所措。"小姑娘，别急，这个米团送给你了。"阿姨微笑着把米团递过来。"这怎么行呢？阿姨，我不买了。"我无奈地摆摆手，转身想走。"怎么，不领情？我几乎天天看到你经过这里，咱也算是老朋友啦，吃一个米团有啥关系！"阿姨咯咯一笑，两眼闪烁着温暖的光芒。她不容我分说，把米团直往我手里推，我不好意思地收下了。

　　寒风瑟瑟，可我浑身暖融融的。回首凝望，远处那把大伞显得格外醒目，格外美丽，犹如盛开在街头的一朵鲜花，正默默地迎风吐艳呢。

那时的纯真

马 可

在我的记忆中有这样一个人——清秀的面容，齐肩的头发，高挑的身材，粉红色的长衫……那是一个多完美的形象，带着童年的纯真和美好，深深地铭刻在我的脑海里——她是我童年唯一的玩伴。

那时的我，只是住在小城镇中的一个不懂事的孩童。每天随着老人闲逛，看着一张张陌生的脸和破旧楼房上被熏黑的痕迹；寂寞的时候，就闭上眼睛遐想着长大以后的生活……那时的我，看见她和我一样在门前的空地上发呆，便羞怯地向她打招呼。几次见面后我们就成了难舍难分的伙伴，于是温暖的阳光下，门前多了一个徘徊的身影，随时等待我蹦跳着跑出来，玩耍、嬉闹、聊天……她那美丽的长裙、满屋洋溢着墨香的书法作品，都因她而让我觉得有种说不出的神圣感。她做什么我就模仿什么，仿佛她——那个被我依赖着的姐姐，就是衡量万物的标准。

有一天，父母突然出现在院子里，说要带我离开这里。我看见大门外停着一辆在这个小城镇很少见的轿车，愣了愣，紧拽着她，要她也跟我一起走，但最后不得不放开手，关上车门。烟尘弥漫在车的周围，模糊了她悲伤的神情和绝望的哭喊。

城市，钢筋水泥，森林般耸立起的高楼大厦遮挡了阳光，厚厚的窗帘挡住了夜色，只留下白色的灯光闪烁着……我时常想起那个阳光明媚的小院，还有和她一起透过粉红色纱帘看夜景的晚上。

几年过去了，偶然，我又回到那个小城镇，我兴冲冲地来到那个曾经住过的地方。在那座破旧的房子前，我看见了她——眼睛里不再有光芒，染得五颜六色的头发不见了那时的纯真，时尚的服饰潦草地穿在身上。她见了我，一副满不在乎的模样："你是谁啊？"我说出姓名，她呆了半晌，"没想到你还会记得我！"就漠然地转身走开了。我愕然了，泪水不争气地掉了出来，为了她的改变，为了那时的梦想……

离开小镇时，感觉好像做了一场梦一样。其实我们都是未经世事的小孩子，走在成长的路上，未来还在等待着我们去努力，不知道今后我们是否还会为梦想走上同一条路，但那时的纯真我是不会忘记的，永远不会。

咪咪·豆豆·我

任若男

咪咪是一只十分可爱的猫——我家楼下废品收购站里的"活宝"。它很胖，但很矫健。它能从地面上一下子蹿上装满纸壳的麻袋。从高高的麻袋上向下望，那眼神神秘而深邃。

一天，我从学校回来，看见它蹲在路边，望着我。我过去，抱起它，它也不反抗。它用鼻子闻了闻我的脸，随后，又"喵喵喵"地叫了几声，好像在和我亲密地说话。我用手摸了摸它的头，它竟然舒服地闭上了眼睛，样子很是享受。我停了下来，不摸了。它立刻睁开眼，"喵喵喵"地叫着，好像在说："别停呀，多舒服呀！"后来，它时常在我抱它的时候，把两条前爪搭在我的肩上，搂着我的脖子，把脸贴在我的胸前。我不禁心中一颤：一只猫竟对人如此信任！正是这种信任，拉近了我与它之间的距离，让我体验到了它与我之间的亲昵、友好！

常与咪咪在一起玩耍的是一只黑耳朵的小狗——豆豆。豆豆天生漂亮。白、黑、棕三色相间的皮毛，两只乌黑发亮的眼睛水汪汪的，里面充满了对我的友好和对这个世界的信赖。每天放学回到家，必看见它的身影，它目送我进了楼道，才肯回屋去。但这只小狗有十分强烈的嫉妒心。一次，我抱着咪咪，站在楼道里。豆豆看见了，不高兴了。它不叫，只是用乞求的眼神望着我。我不得不放下咪咪，把豆豆抱在怀里，用手摸着它的小脑瓜儿。它的眼神变了，满足、欣喜、快乐、感激……融为一体。我的心中一下子不知从哪里流进了一股暖流，热乎乎的。

咪咪、豆豆、我是三个亲密无间的好朋友，只要我们在一起，我就会感到无穷的快乐和欣喜。

童　年

韦　旭

　　在我的记忆里，童年是一块芳香纯洁的净土；是一片无遮无拦的晴朗天空；是一匹无人能挡的骏马，满载着欢乐和微笑。

　　春风漾起扎着"马尾巴"的柳姑娘的辫子，在微风中晃动。我家门口的竹林里窜出了一支支鲜嫩的竹笋，笋儿青青的，有手指那么粗，奶奶费了九牛二虎之力才得以拔出，做成春笋汤。看到它，我就像不要命似的，狼吞虎咽，直到满嘴滑腻，连胸口也沾满了汤汁。望着我的样子，奶奶哭笑不得。

　　春姑娘悄悄地走了。透蓝的天空挂着火球般的太阳，云彩好似被太阳融化了，躲得无影无踪。大地好似热锅，滚烫滚烫。此时，小河是我的世界，拿着游泳圈在骄阳下和小伙伴们打水仗，你泼我，我泼你，笑声洒满小河……

　　赤日炎炎的夏天不告而别了。秋风习习，果实累累迎来了秋色宜人的"金姑娘"。高粱举起了火把；枫叶像喝了酒似的，红扑扑的脸蛋更惹人喜爱。我随着爷爷来到田野上，学着大人的样子一起收起谷穗。芒针不时刺在我的手上，痒痒的。我嘟着小嘴，一不高兴，就坐在大树底下睡着了。"呼噜、呼噜……"爷爷来到我身边，拿起狗尾巴草轻轻地擦着我的鼻孔。"阿嚏"，田野里传来爷孙俩的欢笑声。

　　呼呼的北风带来了冬姑娘。大地披上了银装。这儿可是我们打雪仗的乐园，雪地里留下我们凌乱而又快乐的脚印。

　　童年的快乐，将永远鲜亮地留存在我的脑海中……

我们班的"三国英雄"

罗淞译

在三国中有许许多多英雄豪杰。其实你只要到我们班来看看，也会发现许多类似的"英雄人物"。

三国中的关云长文武全才，甚是了得。而在我们班也有这样一位"英雄"，他就是罗鹏飞。他身材高大威猛，力大无穷，和关羽长得有几分相似，只是关羽的一张红枣脸变成了他的一张黑脸。虽然他在班上经常欺负我们这些弱小之辈，但是我们仍然离不开他。因为我们想借他的虎威压制一下气焰更为嚣张的女生。好了！不说了，我们班的这位"云长兄"已经睁开他的丹凤眼盯着我了。

一个暑假过后，我们班的薛昶又长胖了一圈，这使他更像三国中的张飞。听说当年张飞面对敌军曾大吼一声，吓得几十万敌军"魂飞魄散"。薛昶也像张飞一样有着特大的嗓门。在早读课上更是离不开他的声音，当我们读书有气无力的时候，需要他的嗓门来为我们提精神。因此薛昶的大吼也就成了我们班早读课的一道亮丽色彩。当然，"猛张飞"也是对抗女生的第二大法宝。

三国中的诸葛亮神机妙算，不得不令人佩服。不过你如果到我们班来一定也会佩服我们的"小诸葛"李金明的。李金明读书多，脑袋活，点子同样也多。在学习方面，还有与女生斗智方面就只有依仗他了，每次给我们出谋划策都离不了他的"金"脑瓜。

我们班的"三国英雄"还有很多很多，说也说不完，不信你就来见识一下吧！

第七部分 街头有把美丽的伞

幽默＋灵活＋机智＝于老师

林京

他，高高的个子，瘦瘦的脸庞，短短的头发，十分精神。他，幽默，灵活，机智。他，就是我们的语文老师——于德明老师。

幽　默

"丁零零……"一阵放学铃响过，教室里顿时乱成了一锅粥。你看，有手舞足蹈的，有高声喧哗的，有神采飞扬的……其中有几位已背起了书包，做好"百米赛跑"的姿势。突然，疯狂的教室静了下来。原来于老师站在讲台上，静观同学们的表演呢。这时，他走到刚才手舞足蹈的同学身边，拍拍手说："你的'华尔兹'表演得不错嘛！""哄——"教室里一片笑声，那位同学和刚才疯狂的同学都不好意思地低下头。

灵　活

这两天，班里流行吃零食，同学们像中了邪，居然上课偷偷吃。这事被于老师的火眼金睛发现了。他走进教室，满脸微笑。"你们喜欢吃零食吗？""喜欢——""那好，不过我建议吃零食的同学换换口味，捐赠一本价值五元的书籍，让全班同学都来吃这种'零食'！"老师的话刚结束，零食大王们便像泄了气的皮球，一个个唉声叹气。

机　智

　　"这节课选班长。"老师的一句话，教室里立刻像炸了锅一样。谁知于老师却说："愿意当班长的同学请到讲台上发表竞选演讲！"同学们顿时愣住了。几分钟后，有几位同学胸有成竹地走上讲台。待他们演讲以后，老师又让我们根据他们的演讲和平时的表现投票。经过几个回合的筛选，班长终于选出来了。我们自己选出的班长，有什么理由不服从他的管理呢？以后只有服服帖帖听他的了。

　　像这样幽默、灵活、机智的老师，有谁不喜欢呢？

"三八线"上的故事

徐长帅

课桌上标着"三八线"边界，冲突时有发生。虽称不上枪声大作，炮声隆隆，但也是剑拔弩张，一触即发。

我和同桌本是铁锅与鏊——铁相好，转眼势不两立，兵戎相见。到底为什么呢？让我从头向你道来吧。

我的同桌樊旺，人很聪明，脑子也灵。他科学、音乐学得不错，我不及他。但其他学科，特别是语文、数学，毫不夸张地说，他得好好向我学习。这也许是我们关系变化的催化剂。

科学学得好一点，本是很平常的，但樊旺却当作炫耀自己、讥讽别人的资本。每当做练习或同学谈论科学问题的时候，他常常以"科学皇帝"自居，摇头晃脑，大发宏论，那神色俨然是科学的创始人。

同学向他请教问题时，他总说："喔——这个问题简单死了……"那眼光，那神色仿佛他是绝顶的聪明，你是不可救药的笨蛋。每当此时，我就按捺不住心中的怒火，气得恨不得咬他一口。不过，我还不至于如此莽撞，只是想寻机报复一下。当樊旺问我数学方面的问题时，我便学着他的口吻说："喔——这么简单的问题你怎么都不会呢？"学习上的枪来剑往导致了我们感情上的疏远。

由冷淡到破裂，是由于这样一件事：一次音乐考试，我得了98分，他得了99分，只比我高一分。这下他不高兴了，因为过去考试他的成绩至少超过我10分。他竟对同学们说，要不是考试中他对我的"友谊"，我连50分也考不了，这时我的肺都快气炸了。从此，我同他闹翻了脸，互不理睬，课桌上出现了"三八线"。

昨天的美术测验课上，我忘了带水粉，又不好意思向他借，正在着急，他悄悄地递给了我。当时我心里有一种说不出的滋味。考试结束后，我悄悄擦掉了那道不友好的"三八线"。

理　发

金　鑫

　　我虽然是个女生，可是性格是标准的外向型，整天风风火火，没有一点女孩文静的样子。妈妈总说我是野丫头，班里同学都说我是假小子。你听，妈妈又在说我的头发了：

　　"瞧你，满头枯草不如的头发，怎么见人？""妈呀，你老土了。谢霆锋你知道吗？我的发型就是他的模样。我这叫粗犷自然呢！"我得意地对妈妈说。

　　妈妈向来民主，任我自由发展。可今天，她看来是忍无可忍了，生气地把我拉到镜子前："还嘴硬，瞧你这样的'花容月貌'，总不能让家里的人视觉受罪啊！""谢谢妈妈关心，这是我的性格特色，个人爱好嘛！"嘴里这么说，可自己不由自主地瞟了一下镜子，呀，我的妈，那是什么呀！参差不齐、乱七八糟、零零碎碎、蓬蓬松松……我简直无法形容。"整整你那尊容，修剪一下，搞个发型。"唉，妈妈一声令下，恭敬不如从命。

　　我骑着那辆除了铃不响其他什么都响的"宝马"，一口气狂奔五千米，直奔目的地。

　　理发厅里，发型师小姐的纤纤玉指在我头上执行着神圣的使命，剪刀、梳子、夹子一齐上，开始了艰巨的"拓荒工程"。

　　半个小时后，大功告成。自我感觉特棒，一百二十个满意。热血直往上涌，心情好得不得了。在"宝马"那"美妙音乐"的伴奏下，回家路上天也蓝鸟也欢，就连邻居家那只威猛凶狠的大狼狗也变得友善起来，可爱起来！

　　啊，理发的感觉真好！

第七部分　街头有把美丽的伞

推倒那堵心墙

陈云清

那堵墙，慢慢筑在我心里，使我和她有了隔阂……

晴晴，她活泼、开朗，一直是我的朋友。一天，我和她决定要写一篇文章去投稿，写得好可以在杂志上登出。我和晴晴都有很大的兴趣。于是，那一天，也就是那堵心墙即将筑起的时刻，我到她家去了。在准备好纸和笔后，我很快就想到一个很好的题材，立即就写了起来。我偷偷看了一眼晴晴，她还在冥思苦想呢！我暗自高兴。要知道，如果这篇文章发表了的话，那可是极大的荣誉啊！所以，那堵自私的心墙开始筑起一点了。

当我写了大约一小半时，她慢慢地靠近我。看到了！我竟没来得及移呢，就被她看到了。她不会是要……她又慢慢移到边上去了。刚刚还无从下笔的她突然飞速地写起来。我非常不高兴，怕她抄我的。于是，那堵墙已经筑起一半了。

几天后，晴晴的妈妈到我家来，激动地说："登了，作文登了！"这句话犹如晴天霹雳，我差点就哭出来：凭什么？她还不是抄我的吗？这时，我的那堵心墙已筑好了，对晴晴也由讨厌变成痛恨，再也不理她了，有时根本连看都不看她一眼。

后来，当我拿到那本杂志时，翻到了晴晴的作文，傻眼了——她的题材跟我的完全不一样啊！她不是……怎么可能呢，我的心怦怦跳着。这几天，我都不理她，怎么办呢？于是，我下定决心，向她道歉。我找来一片树叶，在上面写了一个"对不起"，还画了一个笑脸。她看了之后，同样也写了一个"没关系"外加一个笑脸。我们又手拉手地一起去玩了。

我已经推倒了那堵自私的心墙，那堵墙永远都不会再筑起来了。